LA FILOSOFIA DELL'ASSURDO

GIUSEPPE RENSI

Texte et illustration de couverture : © domaine public
Edition : Culturea (Hérault, 34)
Contact : infos@culturea.fr
Retrouvez notre catalogue sur http://culturea.fr
Imprimé en Allemagne par Books on Demand
Design typographique : Derek Murphy
Layout : Reedsy (https://reedsy.com/)

Dépôt légal : janvier 2023
Tous droits réservés pour tous pays

ISBN : 9791041842254

ALL'AMICO

ROMOLO VALERI

Non v'è altro bene che il non essere: non v'ha altro di buono che quel che non è; le cose che non son cose: tutte le cose sono cattive.

LEOPARDI, *Zibaldone, 4174*

Là dove, amico, non si nasca, non s'invecchi, non si muoia, non si abbandoni un precedente stato di essere, non si giunga ad un nuovo stato di essere, una fine del mondo in cui ciò abbia luogo, non può, per quanto ci si aggiri, essere conosciuta, scorta, raggiunta: così io dico. Ma ti dico anche, amico, che senza raggiungere la fine del mondo non si può trovare la fine del dolore.

Parole di Buddha al Dio Rohitassa

Anguttara Nikādya, II, 48

So müssen wir anerkennen, dass dem Menschengeschlechte das Absurde, in gewissen Grade, angemessen, ja, ein Lebenselement und die Täuschung ihm unentbehrlich ist.

SCHOPENHAUER, *Parerga und*

Paralipomena, II, 177

Die Welt will hören, dass sie löblich und vortrefflich sei, und die Philosophen wollen der Welt gefallen. Mit mir steht es anders: ich habe gesehn was der Welt gefällt und werde daher, ihr zu gefallen, keinen Schritt vom Pfade der Wahrheit abgehn.

SCHOPENHAUER, *Über den Willen*

in der Natur

Questo libro è l'illustrazione d'una visuale: d'una visuale scettica e pessimista. Giacché, sebbene da molti astrattisti della critica si ponga il dilemma: o pessimismo (che è affermazione d'una conoscenza della realtà) o scetticismo (che è dichiarazione dell'impossibilità di conoscere), e riguardo al Leopardi si dica: non fu definitivamente scettico perché fu pessimista; chiunque non si limita ad anatomizzare, magari acutamente, le situazioni dall'esterno, ma le vive interiormente, sente con perfetta chiarezza che scetticismo e pessimismo sono rami del medesimo tronco. Dalla intuizione scettica la cui affermazione finale è: la realtà è irrazionale ed assurda e perciò incomprensibile, scaturisce ovviamente, e naturalmente con essa si congiunge, l'intuizione pessimista cioè: e appunto perché irrazionale ed assurda questa realtà è dolorosa e disperante. Del resto, meglio di qualsiasi discussione credo che questo libro stesso fornisca la prova che scetticismo e pessimismo (quantunque non sempre e necessariamente avvenga che il pollone scettico dia fuori quello pessimista e talvolta o spesso accada che il primo cresca e perduri pur senza generare il secondo) rampollano spontaneamente dalla medesima radice.

Ritengo che l'illustrazione della visuale scetticopessimista che questo libro offre, non sia priva d'una certa forza ed efficacia. Ma quantunque la convinzione (fondata o meno) che un proprio scritto possegga tali qualità produca generalmente nell'autore un senso di soddisfazione e d'orgoglio, io invece provo un senso quasi di melanconico imbarazzo nel vedere che dalla mia mente è uscita una così sufficientemente vigorosa e precisa (com'io penso) impostazione di quella visuale, e nell'aver dovuto scriverla: dovuto, dico: e mi capisce chi ha esperimentato che un conto è mettersi al tavolino col proposito di scrivere, e un conto è sentir fluire dal cervello come una piccola corrente di lava, di cui la penna non è se non il canale che la conduce a solidificarsi sulla carta. Provo, dunque, nel porre davanti al nostro tempo pieno di chiasso, di gaudio, spesso di speranze, sempre di fiducia nel suo fare, questa visuale, lo stesso imbarazzo e rimorso che prova un uomo quando, per qualsiasi ragione, è costretto a turbare un giuoco vivace e romoroso di allegri bimbi innocenti.

L'esattezza della visuale qui svolta non possono vedere né i vincitori né i giovani. Non ai vincitori, ma ai vinti, ai seguaci d'ogni idea vinta, non ai seguaci d'un'idea nell'effimero momento del suo trionfo, ma ai seguaci d'ogni idea nel momento in cui è vinta, l'esattezza della concezione che io illustro si può, soltanto, svelare. Poiché è quando l'uomo vede che la sua idea è prostrata e trionfa quella contraria alle sue più profonde convinzioni (cioè l'assurdo), che il velo di Māyā gli si squarcia ed egli scorge che il mondo è irrazionale. Non è quando gli ebrei dall'alto del tempio di Gerusalemme tenevano testa alle legioni di Tito, sicuri che Geova avrebbe data loro la vittoria, ma quando assistettero alle fiamme da cui il tempio fu divorato, che essi poterono vedere la verità. Né, in generale, alcun uomo che abbia meno di quarant'anni può capire (e s'intende, non già concettualmente, ma mediante intimo afferramento) il pensiero di questo libro. I più giovani non possono vedervi che o quella unilaterale esagerazione, quella foschia malata di sguardo, che per solito le storie della letteratura compatiscono nella grandezza di Leopardi come una macula che la diminuisce, e contro la quale mettono in guardia i lettori di lui (mentre per me ciò è che mi rende il suo pensiero più profondamente affine e mi fa quasi così sentire di discendere e dipendere da lui che in ogni sua pagina mi par che parli non un uomo, ma lo stesso Reale); o la solita ripetizione del vecchio motivo della vanitas vanitatum, ripetizione che secca e fa sorridere; o l'incapacità, degna di compatimento, di sollevarsi all'altezza comprensiva d'uno o dell'altro dei sistemi oggi furoreggianti, nei quali tutto è, come sa chi vi si è innalzato, spiegato e messo appagantemente a posto. Quantunque nulla sia più certo di questo, che basta il trascorrere di poco tempo perché un evento dopo l'altro d'una più ricca e matura esperienza faccia finalmente sprigionare agli occhi di chi ora giudica così un lampo inaspettato: ma guarda! chi lo avrebbe detto? le cose stanno proprio come lui diceva! È il processo che tutti attraversiamo, e la conclusione – quella cioè che il mondo è il regno del caso, della pazzia, della malvagità – a cui ogni uomo riflessivo, «aus den ersten Jugendträumen erwacht», come direbbe Schopenhauer, finisce riluttantemente e dolorosamente per arrivare.

Quanto a me, come potrei dubitare un solo momento dell'esattezza di questa visuale? Sono giunto ad essa, ho, in generale, incominciato a scrivere i pensieri miei, scettici e pessimisti (miei non certo perché li abbia scoperti per la prima volta io, ma perché in essi si esprime interamente e perfettamente si immedesima il fondo più proprio della mia mentalità) dopo aver letto, per così dire, tutto quel che avevano scritto gli altri, dopo aver preso notizia di tutte le soluzioni, ed aver fatto del mio meglio per persuadermi di questa o di quella e per appropriarmela – e dopo aver constatato la fallacia e la manchevolezza di tutte e l'impossibilità per una mente sincera di non vedere che ogni filosofia che vuol essere soluzione lo è solo nascondendo a se medesima le obbiezioni mortali che dal seno stesso della soluzione affacciata si levano a colpirla. Di più. Come potrei supporre un solo momento che questa visuale sia falsa? Se l'avesse formata in me un io, e quindi forse per i suoi comodi o interessi, per il desiderio di costruirsi una molle chaise longue su cui tranquillamente disteso fare il suo chilo spirituale, o per ottenere plausi, successo, seguaci nel mondo, potrei pensare o intravvedere o dubitare nel mio intimo che essa sia stata forse da tale io fabbricata falsamente. Ma quali interessi o comodi? Non so forse che una filosofia negativa non diviene mai «ufficiale», mai «autorevole», non entra mai nel quadro o nella serie delle dottrine «accettate», la cui parola ha «peso», che esercitano «influenza» anche nel campo letterario, politico, sociale, che suscitano discepoli, commentatori, espositori, applicatori? Non so forse che questa messe non è colta se non dalle filosofie che dicono di sì, che giustificano (almeno da ultimo) cose, mondo, vita, e che proprio soltanto il fatto che una filosofia contenga tale giustificazione delle cose è quello che dà alla gente il coraggio di professarla, mentre il negare siffatta giustificazione attribuisce immediatamente ad una filosofia il carattere «reprobo», «impossibile»? Non so forse che altresì, poggiando la fama su di una consuetudine cieca d'ammirazione ciecamente trapassante da una generazione all'altra, solo chi è stato abbastanza furbo per assicurarsi i plausi dei suoi contemporanei ha grande probabilità di avere anche quelli dei posteri e chi invece ha suscitato il malcontento, l'antipatia, l'ira violenta e chiassosa dei procaccianti, dei protervi, degli influenti della sua età, è sicuro che le loro romorose denigrazioni lascieranno ombra e disfavore sul suo nome anche nell'avvenire; e che insomma, anche la giustizia resa dalla storia è illusione e mito? Or dunque, invece, questa visuale (poiché l'esperienza della mia vita di pensiero mi induce a dar ragione alla tesi del James che l'io o coscienza non esiste, e non è che un avverbio di luogo, lo spazio ideale, il qui, dove si presentano sentimenti e pensieri) questa visuale si è formata da sé qui (= in me), da sé, come si forma una pianta sulla terra o una nube in cielo. Essa può dunque tanto poco essere falsa, quanto poco lo può essere una pianta o una nube. E se, per avventura, questo medesimo criterio d'attendibilità d'una visuale potesse essere invocato da altri per la loro visuale opposta alla mia, tanto meglio per la mia tesi. Ne uscirebbe, infatti, riconfermato che ognuno ha la sua verità e la sua ragione, che vi sono innumerevoli verità e ragioni, attraverso le quali non corre affatto il filone o il substrato d'una ragione o verità una.

Non voglio però nascondere che potrebbe darsi che a formare in me questa concezione irrazionalista e pessimista abbiano contribuito amare esperienze che ho dovuto fare nel campo del pensiero politicosociale. Giacché, avendo io, come tutti o molti, in questo campo mutato idee, ma con la differenza significante che i più mutano in modo da essere sempre accanto alla causa che vince, ed io ho mutato anche a costo di essere sempre accanto alla causa volta a volta perdente; così avvenne che in questo campo ho sempre visto l'assurdo (= ciò che è in opposizione alle nostre idee) trionfare. Di più. In due momenti assai gravi per la storia d'un paese e del pensiero di un uomo, ho visto due idee opposte, storicamente assai importanti, nelle quali avevo successivamente scorto l'incarnazione del razionale e del vero, prendere, nell'atto del loro realizzarsi, le forme concrete più insensate, proprio quelle che parevano pensate apposta per far risultare l'idea inaccettabile, errata, impossibile, per offrirne la confutazione, per ricondurre gli spiriti a persuadersi della necessità dell'idea contraria. Le ho viste deformarsi, snaturarsi, corrompersi, proprio pel solo fatto del loro diventar reali, pel solo fatto che le teste dissennate degli uomini si erano messe a realizzarle – tanto è (come sostengo più oltre) anche delle ragioni umane propria, non la ragione, ma l'irrazionalità, tanto anche nell'opera della mente umana è insito l'assurdo, che, appena questa si mette a realizzare un'idea, la realizza in modo così pazzo che la sua realizzazione diviene la sua confutazione. Ho visto così il mio razionale essere tale finché era irreale e trasformarsi in irrazionale appena accennava a diventar reale. Più. Mi fu presente quello che dice Montaigne: «Et chez nous icy, j'ay veu telle chose qui nous estoit capitale, devenir legitime; et nous, qui en tenons d'aultres, sommes à mesme, selon l'incertitude de la fortune guerrière, d'estre un jour criminels de leze maiesté humaine et divine, nostre iustice tumbant à la mercy de l'iniustice, et en l'espace de peu d'annes de possession, prenant une essence contraire». – Queste le mie esperienze.

Ma poiché ogni cervello è un apparato Marconi che riceve le onde hertziane dall'ambiente (con la sola differenza che uno le riceve da maggior distanza di spazio e maggior lontananza di tempo futuro d'un altro), così potrebbe darsi che le stesse «onde» che il mio ha ricevuto avesse ricevuto anche quello di qualche altro, cioè che esperienze come le mie ricordate non fossero del tutto isolate, e che quindi ciò che dico in questo libro trovasse eco in qualche altra coscienza. A me pare che una fondamentale conformità col loro sentimento dovrebbero trovarvi (vedi la Conclusione) quegli spiriti religiosi che vivono profondamente soprattutto quell'aspetto della religione che è la condanna del mondo, ed anche quei politici sperimentati che sapendo con quali arti non abbiano potuto a meno di maneggiare il mondo, sanno anche il giudizio che devono farne. In generale poi mi pare che un insieme di idee come quelle qui espresse possa ravvisarsi come la più o meno consapevole ripercussione teoretica che dà, forse in più d'una mente, un mondo politicosociale, quale il presente, sempre più fosco, truce, aspro, malsicuro, senza direzione, senza senno, senza lume – un mondo in cui l'antica sconfortata esigenza di tutti i tempi di dissoluzione («latenter vivere») diventa, per gli spiriti che sanno vedere le cose nelle loro reali fattezze, ogni giorno più pressante.

A scusa di presentare un libro che, per non contenere declamazioni, ditirambi, lirismi, per non essere gaudioso, chiassoso, esilarante, è così unzeitgemäss, vorrei anch'io pronunciare il mio piccolo «eppur si muove»; e cioè: non ci trovo nessun gusto a spiacere ai miei simili, a urtarli, indispettirli, malcontentarli; vorrei poter enunciare verità che li facessero lieti e sereni e andassero a loro genio; ma, pur troppo, le cose stanno invece così com'io le dico. A patrocinarmi la liceità di dirle così come sono, senza rispetti umani, valgano due sentenze di due filosofi in tutto il resto i più opposti che si possano pensare, ma in ciò d'accordo. Una di Hegel: «Die Philosophie aber muss sich hüten, erbaulich sein zu wollen». L'altra del Mill: «The person who has to think more of what an opinion leads to, than of what is the evidence of it, cannot be a philosopher, or a teacher of philosophers».

Ma è poi veramente questo libro del tutto unzeitgemäss? Nel senso ora detto, sì. Ma in realtà i non molti che pensano lo sentiranno come il vero riflesso filosofico dell'epoca, come la nostra epoca stessa che si traduce direttamente in filosofia. E quando si considera che i pensieri qui contenuti furono da me già enunciati fin dal 1924, nel volume Interiora rerum (Unitas, Milano), quando si considera quanto numerose affermazioni filosofiche di pessimismo e irrazionalismo posteriormente a quella data la nostra epoca abbia suscitato negli altri paesi, si converrà forse che io sono stato in ciò un precursore, uno dei primi che abbia saputo farsi voce filosofica dell'epoca e per poco non direi, pensando a come da allora i fatti mi abbiano dato e continuino a darmi ragione, pressoché un profeta.

Comunque, io non ho mai ambito di appartenere alla schiera degli «illustri saggi» di cui parla Nietzsche nella seconda parte di Zarathustra; di incanalarmi cioè automaticamente a pensare in servizio di opinioni consacrate e seguite dai più, di idee ufficiali, correnti, comuni, consuete, allo scopo di «andare avanti», innalzarmi, procacciarmi autorità, prestigio, lucro e codazzi di plaudenti e seguaci, come gli «illustri saggi» sanno e sogliono fare. «Libera dalla felicità degli schiavi, svincolata da dèi e da adorazioni, impavida e formidabile, grande e solitaria: tale è la volontà del veritiero. Nel deserto dimorarono sempre i veritieri, i liberi spiriti, come signori del deserto; ma nelle città dimorano i ben pasciuti illustri saggi – le bestie da tiro». O, per esprimere la cosa al modo di Schopenhauer: si tratta qui dell'antitesi tra vivere della filosofia e vivere per la filosofia.

Del resto, i miei libri io li scrivo per me, per il bisogno e la soddisfazione di tener nota dei miei pensieri, come si fa d'un «giornale intimo». Perché li pubblichi?, si domanderà. Per la stessa ragione, rispondo, per cui si trova soddisfazione nel trascrivere o far trascrivere i propri pensieri dallo «zibaldone» informe e pieno di cancellature in «bella copia», in «pulito», con nitida calligrafia, su carta uniforme. Li stampo, cioè, per vederli «messi in bello». Considero la stampa dei miei pensieri – la pubblicazione dei miei libri – unicamente come la «bella copia» di quelli, nella quale ho piacere di vederli trascritti. Sono pago che essi soddisfino me perché sono l'espressione di ciò che penso, e contento poi oltre ogni mia aspettativa se tutt'al più essi destano una piccola eco amichevole in qualche raro spirito, vicino o lontano, che abbia la medesima tonalità del mio.

I

DUE SPIRAGLI

SULL'INTERNO DEL REALE

Due fatti sono venuti a poco a poco, spontaneamente e quasi da sé, sollevandosi ad assumere nella mia mente un significato specifico, saliente, decisivo. Due fatti assai comuni e familiari, ma l'impressione dei quali su di me, l'angolo di visuale sotto cui in modo sempre più tagliente e quasi violentemente colorito a me si prospettano, non è l'impressione che gli altri ne ricavano o la visuale sotto cui altri li vede. Due fatti, la cui diversa interpretazione, il significato diverso o la diversa importanza che diamo ad essi, mi vado sempre più convincendo sia ciò in cui essenzialmente sta la diversità delle nostre concezioni della vita e quindi ciò che esprime la diversità dei nostri temperamenti, ché non da logiche dimostrazioni, ma dall'irriducibile intuizione che monta su dal profondo del nostro temperamento, nascono le nostre concezioni della vita e le nostre filosofie.

Questi due fatti sono: le contraddizioni o divergenze o dispareri, e la storia.

Che cosa significa che ogni tipico sistema filosofico svolga un'intuizione antitetica a quella d'ogni altro, e delle quali pure tanto poco una qualsiasi può dirsi errata che se tu segui il corso di pensiero dei filosofi più opposti, Hegel e Herbart, Schopenhauer e Lotze, Rosmini e Ardigò; se ti poni sul loro punto di partenza; se non assumi – per la preoccupazione di salvaguardare ad ogni costo in te un determinato insieme di idee a cui tieni ad aderire – quello che si potrebbe chiamare lo spirito del «pubblico ministero», lo spirito che ha di proposito fin da principio deciso di lumeggiare e interpretare quanto più può sotto una luce condannevole; bensì se, suscettibile di rivivere in te, fin nella sua scaturigine e nel suo motivo iniziale, una vita e un pensiero altrui così come sta (vale a dire senza trasfigurarlo nel tuo, secondo usano fare pensatori tra noi molto in vista), ti lasci trasportare simpaticamente dalla china del pensiero a cui ti affacci; se così fai, senti che tutte quelle opposte intuizioni si reggono perfettamente, che tutti quegli opposti filosofi hanno ragione? Che significa che, non solo ogni sistema filosofico tipico incarna un'intuizione diversa, ma, per di più, noi uomini, in ciò che forma la nostra vita vera e profonda, arte o morale, religione o politica, la pensiamo diversamente, abbiamo visuali antitetiche, abbiamo ciascuno un mondo spirituale esclusivamente nostro proprio, e tanto più specifico e distinto quanto più la civiltà avanza, sicché ormai, se su di un elemento di esso possiamo essere d'accordo con costui e su di un altro elemento con colui, nel suo insieme inscindibile non siamo più d'accordo con nessuno? Anzi, che significa che non solo discordiamo tra di noi, ma discordiamo in noi; che, come si dice, il pensiero procede, e oggi non pensiamo più quel che pensavamo ieri, non troviamo più vero quel che ieri trovavamo tale; che ciascuno di noi contraddice successivamente se stesso? Che significa che, altresì, ciascuno di noi si contraddice non pure successivamente, ma contemporaneamente, né solo l'uomo comune mantiene nella sua coscienza l'uno accanto all'altro, perché non li analizza, elementi contraddittori, opinioni religiose che stridono tra di loro o con le sue convinzioni scientifiche o pratiche, opinioni politiche che si urtano a vicenda o confliggono con le convinzioni morali o economiche, ma eziandio chi fa professione di pensare e coordinare ad un tutto sistematico i pensieri, il filosofo, se è un pensatore vivo e ricco, si contraddice anch'egli? Poiché non v'è filosofo grande e significante in cui non siano state additate delle innegabili contraddizioni; ed anche colui nel quale altri non abbia potuto scoprirle o non se ne sia curato, avverte, percorrendo con occhiata d'insieme e con la perfetta e interiore conoscenza della propria fattura, il suo sistema, che (se ha pensato con passione e sincerità e senza preoccuparsi d'altro che di vivere il suo pensiero) vi ha collocato elementi contraddittori, gli uni o gli altri dei quali potrebbe, sì, eliminare, ma solo a costo di sopprimere ciò che anche percepisce come verità, ed i quali quindi eliminare non vuole perché sente che tutti, per quanto contraddittori, corrispondono a verità, e che, qualunque di essi sacrificasse, sacrificherebbe verità. Si può anzi dire che l'esservi o no contraddizioni in un pensatore, segna la differenza tra chi pensa pel bisogno di pensare e chi pensa per far libri. Quest'ultimo, che sente soltanto la responsabilità del sistema, evita le contraddizioni, com'è facilissimo fare, cioè tutte le linee di pensiero, pure esistenti, pure profilantisi anche nella sua mente, ma non interamente congruenti con quella che ha voluto porre a centro del suo sistema, tacendo o sopprimendo. Ma il primo non si preoccupa che di fare del suo pensiero quasi un delicato barometro che si risenta variamente della varia e multiforme pressione della realtà, o, per dirla altrimenti, di lasciare che il suo pensiero plasmi e vegga liberamente sorgere in sé, a seconda dell'incessante successivo alzarsi ed abbassarsi del suo fiotto, un'immagine della realtà. Perciò si contraddice.

Mi contraddico? Sicuro.

Perché te ne meravigli?

Non siamo noi forse i figli

Del dubbio e dello spergiuro?

Non sai (mistero giocondo!)

Che la contraddizione

È l'anima, la ragione,

Tutta la vita del mondo?

Essere uno e diverso

E coerente e sconnesso,

Vuol dire rifare in se stesso

Il glorïoso universo.

Che è, del resto, un sistema? A quella guisa che l'oggetto da noi percepito non è (come la lunga discussione ed elaborazione filosofica di questa questione sembra dover finir per concludere) se non una selezione, una sintesi selettiva, di elementi, tutti presenti, e anche in quella concatenazione, nella realtà extramentale, ma, per così dire, in questa nuotanti in numerosi altri elementi e concatenazioni di elementi diverse da quelle costituenti la sintesi nostra, la sintesi che dà l'oggetto per noi; come la storia è essa pure formata unicamente da una sintesi selettiva, per cui alcuni fatti presenti nella realtà extramentale sono a preferenza di altri investiti di valore e vengono concatenati insieme in un complesso costituito esso pure mediante un giudizio di valore e un riferimento a valori, pur rimanendo nella realtà storica infiniti altri fatti e concatenazioni di fatti, che, data una diversa attribuzione di valore, divengono essi «la storia» invece di quelli; così il sistema non è che la selezione d'una linea di pensieri concatenantisi tra sé, d'una tra le tante linee differenti, tutte, al pari di quella scelta, esistenti e presenti nel regno mentale generale. Tale una melodia che si svolge logicamente dal motivo iniziale scelto e data la scelta di esso, accanto a infinite altre melodie possibili data la scelta d'un motivo iniziale diverso, e presenti ed esistenti nel campo musicale generale. Tale lo sviluppo d'un ragionamento in matematica (la quale, nota lo Spengler, «nei suoi momenti sublimi si comporta in forma visionaria, non già astraendo»), ragionamento che, da certi postulati postivi a capo, conduce, per un corso di formule che, quasi a dire, genera esso stesso, ad una «scoperta», e che sta allato a infiniti altri sviluppi, conducenti da altri postulati ad altre «scoperte», ed esistenti, con lo stesso valore di verità di quello, nell'ambito matematico generale. – Perciò, tutti i sistemi filosofici sono «veri», come sono «vere» tutte le melodie diverse, e tutti questi diversi sviluppi di tesi, tutte queste diverse «scoperte» in matematica. E lo stesso individuo può quindi legittimamente costrurre i sistemi filosofici più opposti, precisamente come lo stesso musicista può rivestire di note i motivi musicali più disparati. Non diceva già Socrate che la filosofia è μελίστη μουσική?

Or dunque, che cosa significa questo fatto delle contraddizioni? E che cosa significa l'altro che c'è storia, ossia processo, progresso – cambiamento? Si noti: i due fatti si riducono in fondo ad uno solo. Perché, che cosa è la storia? È la contraddizione, il sistema o la serie delle contraddizioni. C'è unicamente perché ogni oggi è diverso da ogni ieri e ogni domani da ogni oggi, cioè ogni oggi contraddice ogni ieri e ogni domani ogni oggi. L'eterno diverso da quel che in ogni momento c'è, ossia l'eterno cambiare e contraddire quel che c'è, è ciò in cui consiste la storia. C'è storia perché gli uomini si contraddicono, la pensano diversamente, hanno dispareri, e continuano a realizzare nel fatto pareri diversi da quelli realizzati poc'anzi; perché ogni parere che si realizza nel fatto proietta di fronte a sé un disparere che vuol alla sua volta realizzarvisi invece di quello, e vi riesce, ma dando origine ad un nuovo disparere, che vuol alla sua volta tradursi in fatto, e traducendovisi genera o accresce e fortifica un altro parere diverso che diventerà poi fatto; e così via all'infinito. Contraddizioni e storia sono unum et idem.

Quale è, dunque, il significato delle contraddizioni e della storia? Il significato che vi scorgiamo, dicevo, è quello che sopra ogni altra cosa rivela quel che siamo e permette di classificarci. Vedete le contraddizioni come qualcosa di secondario e subordinato, che sempre un qualche opportuno «ma» può liquidare, che sparisce nello sfondo mentre l'armonia resta sul proscenio? E vedete la storia sotto un aspetto consolantemente finalistico, il quale, nella tesi che essa serva a qualcosa, per esempio ad effettuare lo svolgimento dello spirito, e quindi abbia un senso, e quindi presenti uno spettacolo la cui contemplazione soddisfa mente e cuore, può essere presente anche quando essa è concepita quale senza meta? Siete razionalisti, idealisti, dogmatici, deisti ed il vostro temperamento è ottimista. Vedete le contraddizioni come qualcosa di predominante, che giganteggia su ogni armonia ed ogni armonia distrugge, e la storia semplicemente come l'arena, sanguinosa o dolorosa, senza senso e soluzione, delle contraddizioni stesse? Siete irrazionalisti, sensisti, scettici, atei, ed il vostro temperamento è pessimista.

Si può dunque dal mio canto soltanto trattare, non già di dimostrare, ché nulla si dimostra nell'ambito di quella individuale intuizione della vita che è la filosofia (la quale perciò dovrebbe una buona volta deporre, per usare l'espressione del Lange, la maschera di scienza dimostrativa «die Truggestalt einer beweisenden Wissenschaft», e riconoscersi come una poesia di concetti, «Begriffsdichtung», «dichtende Spekulation»), ma di cercar di far percepire con la medesima spiccata vivezza che è in me, quel significato di cui, nella luce cruda ove mi sono venuti sempre più emergendo, vedo rivestiti io questi due fatti delle contraddizioni e della storia – significato che per me è quello che dà veramente l'accesso a ciò che baconianamente si chiamerebbe interiora rerum.

II

L'ALTERAZIONE OTTIMISTICA

DELLA REALTÀ

Gli uomini sono in generale ostinatamente e inguaribilmente ottimisti. Il potente e invincibile istinto di vita e felicità impedisce loro di tener gli occhi aperti e fissi sul dolore e sul male. Come il ragno avvolge la mosca caduta nella sua rete in un bozzolo, in cui i contorni del corpo di essa non sono più visibili, così da quell'istinto fondamentale umano si sprigionano innumerevoli fili di raziocini che tessono attorno ad ogni fatto doloroso o cattivo un bozzolo o un sudario entro il quale il fatto non è più quello, perde i suoi contorni netti, sparisce. «Per questi vostri consigli davvero ci sembra che voi soli stimiate l'avvenire più evidente delle cose che vedete, e le cose incerte le considerate come già esistenti, perché le volete». Questo atteggiamento mentale, questo «umore», che gli Ateniesi rimproveravano ai Meli nel formidabilmente realistico dialogo tra gli uni e gli altri presso Tucidide, non è proprio soltanto dei Meli, ma è una caratteristica comune, costante, tenace di tutti gli uomini in generale. La volontà di credere, nascente dall'istinto di vita e dal bisogno di felicità, foggia e trasforma i fatti a suo talento agli occhi dell'uomo, ché l'intelletto, come diceva Schopenhauer, non ha altra funzione che quella di escogitare e far presenti alla volontà i motivi per quel che essa già vuole.

Da ciò anche il fenomeno psicologico, così interessante e così poco studiato, della speranza. La speranza, infatti, l'atto della quale, come rilevava significativamente il Leopardi, «è ordinariamente un tuttuno, quasi, coll'atto di desiderio, e la speranza una quasi stessa, o certo inseparabil, cosa col desiderio» – col desiderio, ossia con l'avvertimento della mancanza – la speranza è una forma di ragionamento, e più propriamente una forma di induzione. Un'induzione che, al contrario di quella descritta dalla logica ordinaria, la quale procede sulla base del principio della «uniformità della natura», della conformità di ciò che non è ancora conosciuto con ciò che lo è, procede invece sulla base del principio opposto, su quella cioè della disformità di ciò che non è ancor dato con ciò che è dato. La speranza è un'induzione che da ciò che non è ricava che ciò che non è sarà, che da ciò che non accade ricava che ciò che non accade accadrà. Ed è un'induzione che procede in tal guisa con tanto maggior slancio e sicurezza, quanto più l'attuale non è, il presente non accade, è chiaro, indiscutibile, implacabile. Un'induzione, insomma, che precisamente dalla maggiore assenza nel noto (nel presente) dei dati di cui essa compagina l'ignoto (il futuro) inferisce la presenza nell'ignoto (futuro) di tali dati. Ognuno sa, per vero, che le più solide, tangibili, ferme costruzioni di speranza – più reali agli occhi di chi le nutre delle cose che si toccano con mano – si formano negli individui e nei popoli quanto più sono miseri: e si formano così appunto perché quanto più sono miseri, tanto meno senza di esse potrebbero vivere. Sono soprattutto i poveri che giuocano al lotto. Fu soprattutto nella Polonia ed è tra gli ebrei, che si costruì, si trasmise, si intensificò di generazione in generazione un edificio di speranza misticamente colorito e particolareggiato nella risurrezione della nazionalità. E se siamo capaci di richiamarci le esperienze psichiche più vibranti e profonde che abbiamo vissuto durante la guerra, ricorderemo che precisamente nei momenti in cui essa andava peggio la speranza costruiva con più tenacia e sicurezza. La speranza è in proporzione diretta dell'infelicità. Si spera tanto più quanto più si è sfortunati. L'uomo fortunato e felice non ha bisogno di sperare perché ha già, e se pure (poiché nessuno è contento) spera ulteriormente, spera però senza eccessivo ardore e senza cocente intensità. È l'uomo infelice che mette nella speranza tutta la sua passione e la sua vita, che spera freneticamente, che quasi a dire, spera disperatamente, e proprio contro speranza, παρ´ ἐλπίδα ἐπ´ ἐλπίδι ἐπίστευσεν, come dice san Paolo, appunto perché, nulla avendo egli al presente, anzi avendo meno di nulla, cioè il fatto negativo male e dolore, egli non possiede di positivo che la speranza e non può vivere che di speranza. I sogni di speranza sono quindi tanto più fiammeggianti e fantasiosi nei colpiti dalla sorte, nei caduti in basso, nei perseguitati, nelle persone finanziariamente rovinate, nei poveri, nei mendicanti. Probabilmente la più insensatamente miracolosa speranza – una del tutto inverosimile catastrofe interna o internazionale che faccia crollare il potentissimo Stato in cui vive – risplende davanti agli occhi del condannato a morte; probabilmente un'ancora più insensatamente miracolosa speranza – un delfino che si presti a trasportarlo a riva o l'uccello di Zeus che discenda ad afferrarlo – brilla nell'animo del naufrago che sente di star per affogare. Infine l'eccesso dell'infelicità acuisce la speranza sino all'aspettazione del vero e proprio miracolo: Giovanni da Giscala e Simone Bar Ghiora, gli eroi della resistenza ebrea ai romani, ridotti a ripararsi nelle fogne di Gerusalemme di fronte all'irrompere delle legioni vittoriose di Tito, sperano fermamente nell'intervento dì Yahvéh, che si manifesta solo a chi resisterà sino all'ultimo e al momento estremo della resistenza; ed è quando uno è disperatamente afflitto per la perdita d'una persona cara o disperatamente terrorizzato dalla paura della propria morte che gli si colora di certezza la speranza d'una vita futura. E più vera dell'affermazione socratica che piacere e dolore sono attaccati ad un unico capo, è quella che lo sono infelicità e speranza. Lo sono perché la speranza è la List della natura, o la «funzione fabulistica», che, nell'economia della vita, serve a tener testa all'effetto micidiale dell'infelicità, della sfortuna, del dolore e quindi a questi si accompagna, in uguale misura di essi, come al veleno il contravveleno. – La speranza è veramente, come aveva veduto Leopardi, una cosa sola col desiderio, e quindi tanto più intensa e ferma quanto maggiore il desiderio, ossia quanto maggiore la sensazione della mancanza.

«Così non può sempre andare; dunque così non andrà sempre, non andrà più domani». Questo è il sillogismo induttivo della speranza. E se circa esso si osservasse, in opposizione a quanto si è detto testé, che anche un siffatto sillogismo ha per base il principio dell'uniformità, bisognerebbe rispondere che tale obbiezione si fonda su di una pura apparenza verbale. È, infatti, se mai l'uniformità della disformità che vi sta alla base. Cioè: le vicende del mondo cambiano, questo cambiare lo abbiamo sempre visto, dunque continuerà; non abbiamo mai visto piovere sempre, dunque, se piove da un mese, fra poco farà bello. Comunque, l'importante è il fatto che la speranza è un ragionamento, un sillogismo, un'induzione. Perché ciò riconferma che appunto i nostri ragionamenti, le nostre interpretazioni, costruzioni, trasformazioni, eliminazioni dei fatti, sono sempre il frutto del nostro desiderio, della nostra «volontà» – riconferma, cioè, poiché la speranza è un ragionamento, un'induzione, che sempre il nostro modo di ragionare, ossia di costruire con la ragione il mondo, è determinato da questi elementi, è tutt'uno con essi.

Il contenuto rappresentativo della forma o categoria «speranza» non ha lo stesso significato del contenuto rappresentativo della fantasticheria o del sogno ad occhi aperti. Una cosa sperata non è una cosa sognata o fantasticata. Il contenuto rappresentativo della speranza non è realtà, ma non è nemmeno pura e semplice irrealtà; è un alcunché di non reale, ma che scorgiamo in procinto di divenir reale, qualcosa che sta di mezzo tra la realtà e l'irrealtà, una semirealtà. La speranza è, dunque, una categoria dello spirito, e una categoria speciale, destinata a costrurre un tertium quid oltre e tra la realtà e l'irrealtà. Essa improntà ai nostri occhi sul suo contenuto un certo colorito o grado, ancora, per dir così, incerto ed embrionale di realtà, ma sempre di realtà; grado di realtà che poi, se la speranza si adempie, si svolge, cresce e si fonde con l'oggetto sensibile, precisamente come, per applicare qui una teoria del James, il concetto d'un oggetto che, in assenza di questo, ho in mente, è un accenno, un principio, una preformazione della stessa realtà sensibile dell'oggetto, e si sviluppa e si fonde con questa quando l'oggetto sensibile mi torna dinanzi. Chiunque ha nutrito lungamente una qualche fervida speranza e l'ha vista realizzata, avverte chiaramente la verità di tutto questo: avverte cioè che è come se dalla speranza alla sua realizzazione vi sia stato soltanto un processo graduale di maggiore realtà di cui quella conteneva già il primo accenno; e quando dice: «ho sperato giusto; era naturale; non era possibile che questa cosa da me tanto sperata non accadesse» – quando così nel realizzarsi della speranza questa viene a combaciare ed a fondersi col fatto – egli scorge la sua speranza iniziale come avente già contenuto in embrione, ma infallibilmente, la realtà del fatto futuro.

Quindi tra speranza, credenza e certezza, non v'è distinzione essenziale, ma solo di grado, ed i tre momenti costituiscono una serie ininterrotta. La credenza non è che una forma più precisa, più ferma e fissa, più particolareggiatamente scolpita che non la speranza, di foggiare la realtà, di dar foggia di realtà, o, come si potrebbe efficacemente dire se la lingua lo concedesse, una forma più marcata e accentuata di realificazione; e, come la speranza procede dal non essere all'essere, cioè muove dall'impossibilità di accettare la mancanza del fatto sperato; così la credenza spessissimo non è generata che dalla inaccettabilità dell'inesistenza del fatto creduto: Ercole, l'eroe infaticabilmente benefico, Gesù, il giusto sconfitto e suppliziato nel mondo sensibile, non possono essere finiti così, e devono essere stati assunti in cielo. Ma poiché, infine, anche la certezza contiene un elemento fondamentale di credenza, poiché (come ha dimostrato Hume) ogni vera e propria realtà, ogni realtà nel senso ordinario della parola, ogni affermazione di realtà, compresa la realtà visibile e tangibile, è da ultimo un fatto di credenza, richiede che un indefinibile sentimento, quello espresso dalle parole «ciò è», ossia il sentimento della credenza, ravvivi la semplice immagine o concezione della cosa; poiché, insomma, anche la realtà più evidente, indiscussa, comune a tutti, di cui nessuno dubita, come quella del mondo esterno o dell'io, non può essere affermata se non con un atto di credenza; così speranza, credenza, certezza o realtà costituiscono tre fasi tra cui i confini scompaiono, che trapassano, si spostano, fluiscono l'una nell'altra. E come per Hume lo stato meramente psicologico di aspettazione sicura diventa la necessità (causale), così la premente speranza, il profondo desiderio, lo spasmodico bisogno diventano certezza che una cosa sia o avvenga.

È ovvio quindi (come quest'analisi ci ha ora reso ancora più chiaro) che, stante tale incertezza e fluttuazione di confini tra speranza, credenza e realtà, gli uomini riescano a trasformare o cancellare i fatti secondo i loro bisogni, desideri, istinti, secondo la loro «volontà» – o (che è enunciare in altre parole ciò che abbiamo detto sin qui) riescano a trasformarli o cancellarli in forza di quelli che Bacone chiamava «idola tribus» e il Guastella «sofismi apriori», «errori strutturali della nostra intelligenza», i quali da quei bisogni, desideri, istinti, «volontà» scaturiscono inevitabilmente; inevitabilmente per l'immensa maggioranza umana che non sa strapparsi al sentimento ed alla visuale antropomorfica, necessaria generatrice, mediante i suoi peculiari bisogni ed istinti, di quei sofismi apriori ed errori strutturali. E poiché appunto indagini come quelle di Hume e di Guastella ci provano che ogni affermazione di realtà, compresa quella che pare più evidente di tutte, quella cioè che riguarda il mondo esterno o l'io, deriva – o almeno non si può mai essere sicuri che non derivi – da un atto di sentimento, di credenza, dal voler credere così, dall'aver bisogno di credere così, e quindi dal particolare atteggiarsi nell'uomo del sentimento, dei bisogni, della «volontà», dall'essere insomma umanamente condizionati, dall'essere uomini; così è d'uopo concludere che a quella visuale antropomorfica ed ai sofismi apriori ed alle trasformazioni o cancellazioni dei fatti che vi sono congiunte, non si sottraggono se non i pochissimi che hanno la forza di astenersi nel campo teoretico da qualsiasi affermazione e di tener fermo a quella scettica ἐποχή con la quale soltanto pienamente si adempie il dantesco consiglio:

E questo ti sia sempre piombo a' piedi,

Per farti mover lento, com'uom lasso,

E al sì e al no che tu non vedi.

Frattanto nulla dimostra il ciecamente ostinato ottimismo umano e la sua sorprendente capacità di far sparire i fatti che lo contrastano, meglio della seguente constatazione.

Non v'è fatto più palmare, innegabile, quotidianamente avvertito fin da quando l'umanità ebbe il primo barlume di pensiero, di quello che gli uomini muoiono. Ma è un fatto immensamente doloroso, doloroso disperantemente, cioè senza più possibilità di speranza. Un fatto, dunque, che sommamente urta l'inguaribile ottimismo umano, e contro il quale quindi questo (per il processo induttivo ex contrario dianzi descritto) doveva erigere tanto più viva, solida, evidente la speranzacredenzacertezza dell'opposto. E così anche questo fatto toccato con mano con evidenza meridiana da millenni, l'ottimismo umano è riuscito a cancellare. È riuscito a persuadere, a far certi, d'una certezza per molti più sicura che non l'esistenza delle cose sensibili, che quel fatto, in cui si è sempre dato di cozzo ogni giorno, non esiste; che gli uomini non muoiono; che la loro morte, pure di continuo sperimentata, non è morte, è una morte parvente, una morte della loro scorza, ma che nel loro nucleo essenziale essi non muoiono mai. «L'âme,» scrive Montaigne, che in tal guisa appunto spiega la fede dell'immortalità «par son trouble et sa foiblesse, ne se pouvant tenir sur son pied, va questant de toutes parts des consolations, esperances et fondements, et des circonstances estrangieres où elle s'attache et se plante; et pour legiers et fantastiques que son inventions les lui forge, s'y repose plus seurement qu'en soy, et plus volentiers». In tal guisa l'uomo, per l'irreprimibile e onnipotente azione alteratrice del suo ottimismo, per il suo voler credere così, voler che sia così, avendone egli bisogno, ossia perché, secondo il Leopardi esprime la cosa in uno dei suoi scritti più profondi e meno letti, è evidente come esso

Ciò che d'aver per fermo ha stabilito

Creda talmente che dal creder quello

Nol rimuova ragion, forza o partito

è riuscito a cancellare anche l'incontrastabile fatto della morte.

Ma poiché, come pure il Leopardi constata,

Non è filosofia se non un'arte

La qual di ciò che l'uomo è risoluto

Di creder circa a qualsivoglia parte,

Come meglio alla fin l'è conceduto,

Le ragioni assegnando, empie le carte,

così non poteva non darsi che tutta la filosofia non fosse al servizio di questo bisogno, di questa «volontà» che ha l'uomo di non morire, e quindi della costruzione della speranzacredenzacertezza che non si muore. E infatti tutta la filosofia, dal Fedone all'idealismo «attuale», si può prospettare come uno sforzo, sempre più complicato e sottile, sempre meno ingenuo, sempre più astuto, infaticabile a cercare nuove vie, elaborate, tortuose, strane, evanescenti, man mano che ognuna delle più semplici e chiare precedenti veniva distrutta, perdentesi infine nella nebbia, ma incoercibile e sempre risorgente, per cancellare il fatto della morte.

Ora, se il fatto della morte cruccia e appunto perciò deve non esistere, il fatto delle contraddizioni dà fastidio. Nulla irrita generalmente di più dell'essere presi in contraddizione; e la presenza d'una circostanza contraddittoria, ossia per noi assurda, nella quale cioè la contraddizione che vi vediamo non concede alla nostra mente di trovare il bandolo, lascia questa in una perplessità, in un imbarazzo, in un'incertezza, in un'oscillazione da cui vogliamo liberarci, trovando il bandolo ad ogni costo. Poiché le contraddizioni fastidiscono come la morte strazia, così, alla stessa guisa della morte, le contraddizioni devono non esistere. E di conseguenza tutta la filosofia, come, sotto un aspetto, può essere prospettata quale lo sforzo per far sparire il fatto della morte, può essere, sotto un altro aspetto, prospettata come lo sforzo o la prestidigitazione per far sparire il fatto delle contraddizioni.

III

L'ARTE DI MASCHERARE

LE CONTRADDIZIONI

Il periodo, tra i ben noti, più interessante del pensiero umano, è forse quello greco che va press'a poco dalle guerre persiane alla guerra del Peloponneso. Perché in esso assistiamo a questo spettacolo drammatico: la mente umana, finora vivente di vita, a così dire, istintiva, finora immersa nel costume che nei vari luoghi la attorniava, la mente umana che finora era tutta nel costume e il costume era in essa tutto e per cui il suo costume era l'universale e l'assoluto, riesce per la prima volta a levar su il capo e a guardarsi attorno; e fa allora la constatazione stupefacente che il costume non è assoluto e universale, che è diverso di luogo in luogo, che giusto, bello, buono, santo è alcunché di differente in Atene e in Sparta, in Grecia e in Persia, in Egitto e in Fenicia. E davanti a questa sbalorditiva esperienza che gli uomini la pensano diversamente, che ciò che è evidentemente e incrollabilmente vero (qui e per me) pur non lo è (là e per te), la mente umana, dopo un istante di smarrimento, lancia coi Sofisti, i più grandi pensatori della Grecia e forse del mondo, il grido della sua superba scoperta.

I Sofisti sono i primi che si svincolarono dalla prigionia del qui e dell'ora. I primi che riuscirono a vedere il presente, il vicino, il familiare sotto l'angolo visuale del lontano, dell'inconsueto, del diverso. I primi che seppero non vivere soltanto nel vicino, non far centro esclusivamente nel vicino e dove si è, ma anche nel lontano e dove non si è. Dunque, per quanto riguarda le cose dello spirito, i primi copernicani. Coi Sofisti l'umanità comincia ad acquistare il senso copernicano. Qui, noi, non è l'assoluto, non è tutto. Qui vale come là; noi come loro; la nostra verità come la loro. Quindi la nostra verità (nessuna nostra, la nostra di nessuno) non è la verità. Il centro della verità non è qui, attorno a noi, in noi. Ma, del pari, non è in nessun altro qui, in nessun altro noi. Il centro della verità non è in nessun luogo. Non esiste. Questo è pieno copernicismo spirituale. Ed è anche pieno scetticismo. Poiché il copernicismo, discentrandoci, disassolutizzandoci, relativizzandoci, mettendo il noi allo stesso livello del nonnoi, deprimendo il nostro angolo visuale, il punto di vista da cui guardiamo l'universo (cioè la nostra verità) al grado d'uno qualunque dei diversissimi, e tutti ugualmente illusori, angoli visuali donde altrove (in altri pianeti) si vede o si vedrebbe l'universo – il copernicismo, dico, non è che un capitolo dello scetticismo.

«Se giusto, santo, bello, buono è alcunché di diverso da luogo a luogo, da popolo a popolo, da uomo a uomo, allora nulla c'è di assoluto; nulla quindi che sia apoditticamente razionale, cioè che venga alla luce quale risultato d'una necessaria formazione e determinazione della ragione, perché se alcunché si generasse così dovrebbe valere universalmente e trovarsi quindi dappertutto, essere sempre e dovunque uno, quello, la ragione non essendo tale che in quanto sia universale ed una. Ogni prodotto spirituale, adunque, è formazione non della ragione, ma della pressione o autorità arazionale del fatto naturale o sociale esterno accidentalmente qua e là diverso. L'uomo individuo è la misura delle cose e vero è quel che a ciascuno appare». – Così suonò nei Sofisti quel grido di scoperta. Questo è il significato delle contraddizioni, nella schietta immediatezza di visione con cui scorgendole per la prima volta, lo colse allora la mente umana; per la quale, nella sua freschezza di giudizio, il venir meno dell'unità, della comunità, dell'universalità di pensiero sui fatti concreti, sui contenuti positivi e particolari dello spirito, sulle idee e sugli ideali determinati, è venir meno irreparabilmente dell'assoluto e dell'universale, è l'ineluttabile irruzione dell'irrazionalismo e dello scetticismo, mentre solo successivamente, sospinta dal bisogno dianzi descritto di far sparire i fatti spiacevoli, essa si decide a contentarsi d'una unità e d'una comunità, non più sui contenuti concreti, ma, come ora vedremo, sulla semplice buccia di essi.

Infatti, sulla scoperta dei Sofisti s'affrettò a calare lo spegnitoio socraticoplatonico, tipico insigne esempio d'arte abilissima nel collocare i fatti nel bozzolo che li trasforma e nel soverchiare e nel mettere in silenzio la voce fastidiosa di chi li aveva presentati nudi. «Di che contraddizioni o diversità andate cianciando? Contraddizioni vi sono nei vostri pensieri solo finché non sapete coglierne il fondo essenziale. Contraddizioni nelle cose, nei fatti, nei contenuti, solo finché li guardate nella loro individualità percepibile di esistenze singole. Ma se io vi guiderò al fondo dei vostri pensieri e vi condurrò a vedere che voi stessi scorgete come essenza delle cose, dei contenuti spirituali, delle azioni d'una data specie, i caratteri sostanziali che come tale essenza scorgo anch'io, ecco che allora esse cose non sono più quel che a ciascuno appare, bensì, nei loro caratteri fondamentali, in quanto cioè vera cosa, cosa pensata e non meramente percepita, sono le stesse per me, per voi, per tutte le menti. In questi caratteri basilari (cioè nel concetto o idea della cosa) s'accomunano così, non solo le nostre menti tra loro, ma tra loro le singole cose o azioni stesse di ciascun ordine, che voi, perché le guardate nella loro accidentalità, superficialità, particolarità singola, vi ostinate a chiamare diverse e contraddittorie. Il Buono, per esempio, come fatto o contenuto concreto e singolo, può essere diverso in Grecia e in Persia, o anche per un guerriero e per un magistrato; ma in tutti i più esteriormente diversi fatti concreti o casi ed esempi singoli e particolari di buono, s'incarna, come la loro anima, la conoscenza di ciò che va fatto, la conoscenza del bene, l'idea del bene. Questa è che fa essere ognuno di quei diversi casi di buono, ugualmente buono. Questa è dunque la vera essenza di tutti. Essenza che è quindi in tutti unica sotto la diversità o contraddizione superficiale, e in cui perciò si accomunano nella loro apparente contraddizione, tutti i fatti buoni e tutte le cose buone, come nel riconoscerla quale vera essenza di queste s'accomunano tutte le menti. E come nel caso dei singoli fatti o delle singole cose buone, così rispetto ogni altra cosa, i caratteri fondamentali di essa, questa sua essenza o concetto, sono ciò che forma la vera realtà delle cose, sono le vere cose, mentre quella percepibile, individuale, singola, in cui esistono le contraddizioni, è una loro realtà soltanto superficiale e apparente». – Tale l'espediente con cui lo spegnitoio socraticoplatonico operò.

Espediente il quale si trova riprodotto in tutte quelle filosofie successive che, maschere della realtà, sono al servizio del bisogno di far scomparire il fatto fastidioso delle contraddizioni. Lo ritroviamo quindi tale quale nell'epoca moderna; solo che qui esso procede maggiormente per tappe e gradi e mette capo ad una ancor più risoluta accentuazione dell'astrazione che non nel pensiero antico. E quando Hobbes rinnova l'identica posizione dei Sofisti, negando la perseitas del vero e del bene, affermando che questi non scaturiscono da un'universalità della natura umana, non sono tali per natura («neque ulla boni, mali et vilis, communis regula ab ipsorum objectorum naturis derivata»), non sono universali, ma sono resi qua e là variamente vero e bene dall'autorità del fatto sociale eterno (o, com'egli diceva, «ad habente potestatem summam»); contro questa rinnovazione hobbesiana del pensiero sofistico i platonisti di Cambridge, Cudworth e More, e Cumberland si sforzano di additare un «consensus gentium», delle «communes notiones», una «eternal and immutable morality». Quest'è la prima tappa. E poiché tale sforzo crolla sotto i colpi di Locke, il quale dimostra che non v'è nessun «consensus» su nessuna questione spiritualmente importante, che non esistono «notiones» (cioè idee aventi un contenuto concreto) che siano «communes», si abbandona questa trincea smantellata, per resistere su di una linea più interna: visto impossibile sostenere, contro Hobbes, l'universalità facendo capo a contenuti concreti di idee, a princìpi concreti, per quanto generalissimi, si ritorna a poco a poco – quest'è la seconda tappa – al tentativo platonico di collocarla nella pura forma vuota d'ogni contenuto.

Così, l'antico espediente finisce per riprodursi tutto intero nel pensiero moderno e contemporaneo, con la sostituzione al nome platonico di idea, in Rousseau del nome di «volontà generale» e «interesse comune» (che, privo di ogni contenuto determinato, consistente solo in quel qualunque ciò che il voto della maggioranza desidera, è quindi concetto puramente formale, pura forma solo nella quale si ricostituisce l'unità o unanimità di maggioranza e minoranza); in Kant del nome di categorie, che non sono se non il raffinamento delle «notiones communes» dei platonisti di Cambridge; negli idealismi successivi e contemporanei del nome di forma o attività dello spirito. Tutti diversi nomi per dire l'identica cosa che Socrate e Platone avevano detto, per rinnovare l'identico espediente che il primo con la parola «concetto», il secondo con la parola «idea» avevano già messo in opera: con la sola differenza che (come si rende necessario ogni qualvolta contro un precedente tentativo di far sparire le contraddizioni e ristabilire l'unità, le critiche diventano più stringenti) l'unità, l'universalità, l'assolutezza è collocata ancor più lontana dal mondo concreto e sensibile; la buccia, in cui essa è fatta consistere, diventa ancor più vaporosa, lata, generica; e se Socrate e Platone potevano contentarsi di sostenere che l'unità, infranta dalle contraddizioni nei singoli fatti concreti, pur esisteva da esse immune, perché esisteva nel concetto o nei tipi ideali eterni delle specie o generi di fatti e di cose, quando una lunga esperienza dei dibattiti filosofici rese accorti che neppure ciò bastava più, soccorsero all'uopo astrazioni o genericizzazioni ancora più ampie, le categorie, le forme, o attività dello spirito, ed infine la forma delle forme, lo spirito come forma di tutto e che dà forma a tutto: quest'ultimo, dunque, nient'altro che una diversa denominazione dell'ens generalissimum e realissimum dei realisti scolastici medioevali, cui questi attribuivano la maggior realtà appunto perché possedeva la maggior universalità (e indeterminazione) e in grazia della partecipazione graduale al quale pensavano giungessero all'essere le singole cose. – Poiché così per quanto riguarda la nonmorte, come per quanto riguarda la noncontraddizione ossia l'universalità e l'assolutezza, il processo per farle risultare esistenti malgrado che i singoli fatti percepibili e le individue cose concrete vi stiano contro, consiste sempre nello spingere nonmorte e noncontraddizioni continuamente più in là, più oltre il mondo, più nell'impalpabile, rendendole quindi un bersaglio sempre più difficile da colpire; e insieme nel cercar di far sì che nel pensiero degli uomini il centro o il perno della vera realtà si trasferisca dalle singole cose individue a quell'impalpabile.

Ma l'espediente è in sé sempre lo stesso. Allora si diceva: l'assoluto, la verità, l'unità, esente dalle contraddizioni, sta nell'idea che si incarna nelle cose, che ne costituisce l'anima e l'essenza, che dà loro l'essere, che è il loro vero essere. Oggi si dice: assoluto, universalità, verità, librantesi sopra le contraddizioni e le diversità dei fatti empirici e concreti e da queste non tocca, sta nelle forme o attività spirituali, e in ultimo nella formaspirito, che sono ciò che dà esistenza a tutto. – Chiunque sappia cogliere le cose nella loro radice essenziale e guardarle con l'occhio sgombro dalla nebbia che i particolari e le minuzie affastellano, scorge tosto che l'espediente è identico.

E l'espediente è, in entrambi i casi, un giuoco di parole. Non ci doveva essere bisogno della penetrante e ampia analisi del Simmel, per rendere chiaro che, come concetto o idea, così forma, categoria dello spirito, spirito, coscienza, in quanto in esse e mediante esse si pretenda di ritrovare quell'universalità e assolutezza che vien meno nei loro contenuti concreti, sono forme o buccie assolutamente vuote, puri circuiti che, qualunque più opposto contenuto accogliendo indifferentemente in sé, sono del tutto insignificanti, un nulla, un vero flatus vocis. La forma «dovere», per esempio, in quanto, se pensata rigorosamente come pura forma, dev'essere tenuta presente come separabile da ogni contenuto, anche da quelli in cui per noi uomini d'una determinata società il dovere consiste, e congiungibile coi contenuti più antitetici e ripugnanti a questi nostri; in quanto, insomma, non è che il colorito d'uno speciale sentimento che può avvolgere, improntare, informare di sé azioni diversissime, anche le più opposte a quelle su cui per noi, ora e qui, si imprime (e che, in fatto, su tali azioni più opposte sappiamo che si è impresso nel passato, si imprime altrove, si imprimerà nell'avvenire); la forma «dovere», dico, il dovere come forma, appunto perché può essere tutto, qualunque più opposta cosa, è assolutamente insignificante, il nulla. E v'è, a provarlo, un argomento decisivo, non mai, che io sappia, accampato. La parola «dovere» è usata anche dal delinquente; la forma «dovere» opera anche in lui nella sua attività criminale; è così indifferente ad ogni contenuto, e quindi così nulla, che informa di sé, chiama in sé (cioè come dovere) alla luce, chiama all'esistenza di dovere, anche l'azione delittuosa. Il delinquente anziano e maestro dirà al suo giovane affiliato: «tu devi appostarti qui, devi nascondere così quest'arma, devi aver colpo d'occhio, sicurezza e coraggio, e se sei preso non devi mai tradire». E le istruzioni o gli ordini del superiore susciteranno nell'altro (che vive tutto di tale vita ed il cui spirito da questa disciplina soltanto è foggiato) un vero senso di dovere, una vera voce della coscienza, appunto l'imperativo categorico o «tu devi» kantiano, disinteressato così, così obbedito soltanto per «rispetto al dovere», che spesso per seguirlo egli esporrà la vita. È proprio ciò che constata il Manzoni quando della vecchia del castello dell'Innominato scrive: «L'idea del dovere, deposta come un germe nel cuore di tutti gli uomini, svolgendosi nel suo, insieme co' sentimenti d'un rispetto, d'un terrore, d'una cupidigia servile, s'era associata e adattata a quelli». Tanto la forma «dovere» (e così ogni altra), la quale come pura forma si inscrive su tutto e può prendere qualunque contenuto, la quale può abbracciare in sé anche il delitto, è interamente insignificante; tanto sono insignificanti un'universalità e un'unità fatte consistere in detta forma, posto che in esse si accomunano persino delitti e buone opere. Chiunque ha saputo pensare sino in fondo ed ha chiaro davanti (quale diventa, ad esempio, nelle pagine del Simmel) che cosa voglia dire forma assolutamente pura, cioè non qualificata o caratterizzata dalla natura e dal riflesso d'alcun contenuto particolare, e come proprio qualunque sia il contenuto che la forma, se è davvero soltanto tale, dev'essere concepita come suscettibile di accogliere, non può più dubitare un momento di tale insignificanza.

E se contro l'esempio che abbiamo dato si obbiettasse che la coscienza del giovane delinquente lo avverte che ciò che gli si ordina è male, mediante la riluttanza che a ciò da principio egli prova, bisognerebbe rispondere che tale riluttanza, fatto anch'esso meramente formale, è tanto poco l'indice dell'essere un'azione cattiva, che essa accompagna spessissimo azioni altamente morali, quando non consuete o contrarie alla valutazione dominante (ad esempio, il mettersi in opposizione con la religione da tutti seguita, che si giudica falsa, o con l'ordine sociale esistente, che si giudica ingiusto). Precisamente così come il rimorso, fatto pur esso soltanto formale, è tanto poco congiunto esclusivamente con le azioni cattive e quindi specifico rivelatore della qualità cattiva d'un'azione, che si riflette assai di sovente anche su azioni buone, anzi forse più di sovente che non sulle cattive. V'è un rimorso del bene forse più frequente del rimorso del male. È il rimorso che, nell'uomo divenuto sperimentato della vita, al ricordo di atti di rinuncia, astensione, rigidità, intransigenza virtuosa, compìti tempo addietro per entusiasmo morale giovanile, si esprime col pensiero: «quanto sono stato semplice! in quest'altra guisa dovevo agire». È il rimorso che il poeta indiano Amaru fa parlare così nella fanciulla:

«Come sono stata sciocca!

Ho sottratto la mia bocca,

Alle sue labbra di foco!...»

E le punge ignota cura

D'esser stata così dura.

Giuseppe Ferrari scrisse: «Se il sentimento del dovere fa vergognare quelli che gli resistono, se rode col rimorso, anche l'interesse trae al suo seguito una legione di pentimenti e di dolori; anch'esso ci punisce col rimorso, e si vale della vergogna per farsi obbedire. Guardate ai fatti: quella fanciulla geme, le pesa la sua verginità; quel re è afflitto, ha commesso l'errore d'esser giusto... quel ministro è infelice, vorrebbe aver violata la fede. Tito era mesto il giorno in cui non era stato benefico; il condottiero Cabrino Fondulo moriva disperato per non aver morto il papa e l'imperatore quando li aveva ospitati a Cremona». Pienamente conforme è il pensiero dello Spencer: «a feeling which prompted a wrong action, but was effectually resisted, will, in some cases, afterwards generate regret that the act prompted was not committed; while, conversely, a good action at variance with the habitual bad actions may be followed by repentance». È quel rimorso a cui il Croce, che non può a meno anch'egli di riconoscerlo («quel ladro o quell'assassino avrà rimorso non di aver fatto il male, ma di non averlo fatto») chiama «rimorso economico».

La forma «dovere» e quest'altre pure forme della riluttanza, del rimorso, della voce della coscienza, della coscienza, dello spirito, appunto perché pure forme che si applicano a tutto, vasi in cui qualunque materia può essere contenuta, non significano nulla, e nulla perciò significa un'unità, universalità, assolutezza, asserita superante le contraddizioni dei contenuti, in quelle pure forme riposta.

Insomma. Dire: poiché fatti o contenuti, sia pure diversi oggi rispetto a ieri e domani rispetto a oggi o là rispetto a qui, nell'atto che passano davanti allo schermo dello spirito, sono però da questo sempre del pari sussunti nella sua, eternamente una, sfera del vero o del bello o del buono; poiché ad essi contenuti diversi (ieri al contenuto «cieli di cristallo», oggi al contenuto «sistema copernicano») è dallo spirito impressa la stessa, eternamente una, qualifica, o definizione o nome di «vero»; perciò siamo sollevati sopra il turbine delle contraddizioni e della relatività e posiamo nell'assoluto – è un giuoco di parole e un nonsenso. Infatti, appunto questo assumere nella medesima sfera di spirito cose diverse, questo qualificare ugualmente contenuti diversi, applicarvi la stessa definizione, darvi lo stesso nome, appunto questo è la quintessenza della contraddizione e la prova che non esiste né ragione né verità.

È insomma precisamente come allorché qualcuno picchia alla tua porta e alla tua domanda «chi è?» risponde «io». Egli crede con questa parola d'aver designato indubitabilmente la cosa assolutamente specifica e inconfondibile, una individualità precisa ed unica. Ma tu (se non ne conosci la voce) constati allora che io è una pura forma e quindi insignificante, perché significa del pari e designa indifferentemente tutti gli individui diversi.

Ma quando, poi, nell'epoca moderna, sorse un altro pensatore, Hegel, che, al pari e forse più dei Sofisti, ebbe estremamente viva ed acuta la sensibilità delle contraddizioni; quando egli più spiccatamente d'ogni altro (a tacere di Herbart, che ebbe pure vivissima la sensibilità delle contraddizioni, ma che merita minor attenzione per la maggior debolezza del suo tentativo di superarle) seppe vedere che ogni cosa, ogni situazione di coscienza, ogni stadio sociale e storico sviluppa in sé i germi che lo fanno trapassare nel suo opposto, che ogni posizione di pensiero origina in sé gli elementi che la rovesciano, che ogni sì genera contro il suo no (questo è veramente «ciò che vi è di vivo» in lui); e quando concomitantemente a ciò egli eliminò la ragione dal reale (questo è, contro l'interpretazione comune, come dilucidarò fra un momento, il suo «segreto») – fu egli medesimo che si sforzò di applicare lo spegnitoio alla sua stessa intensissimamente lucida visione del significato dei contrasti, sostenendo che essi costituiscono un momento secondario e subordinato, perché si coordinano ad armonia nel tutto, perché sono parti integranti d'una verità superiore, perché da ogni contraddizione, cioè negazione d'una posizione precedente, si passa, mediante la fusione di quella con questa, ad una sintesi affermativa e positiva superiore. Quasiché anche questa non venisse tosto travolta da un'altra negazione e così via incessantemente, per cui il momento perennemente saliente è sempre quello della contraddizione, della negazione, del rovesciamento. Quasiché le cose non ci presentassero, secondo la espressione oraziana, una concordia discors. Concordia discors, e non già discordia concors: un'apparente e iniziale unità che si dirompe sempre e termina nella disunione e nella contraddizione, non già un'iniziale disunione di cui l'unità e la pace stabilmente definita e raggiunta sia il punto terminale. Quasiché, insomma, il non esserci mai questa unità e questa pace definitiva e permanente, l'essere invece ogni situazione instabile, mobile, sempre in processo di divenir altro e mutarsi, cioè in ogni puntuale istante minata e progressivamente travolta da alcunché di altro da essa, dalla sua negazione, non dimostrasse che l'elemento veramente permanente, dominante, signore della realtà, è l'elemento della negazione e della contraddizione; che nella successiva distruzione e caduta di tutto quello che solo per un momento è, ciò che è indistruttibile e veramente eterno ed assoluto è solo la molla, il motore, il fermento della dissoluzione, della caduta, della distruzione; che solo lo «spirito che nega» trasvola, perpetuo e irrovesciabile sovrano, sui mari e sulle terre.

E quando, infine, sulla falsariga hegeliana pensatori contemporanei sostengono che non esiste bensì fissità della verità, ma ciò non toglie l'esistenza della verità, e non ci lascia quindi in balia delle contraddizioni, perché è lo spirito che fa la sua verità, ed esso quindi, poiché la fa progressivamente sempre più vera, poiché passa eternamente da una verità inferiore a una verità superiore, è sempre in un presente di verità; quando dicono così, costoro fingono di non vedere che lo spirito non passa per fasi unitarie, totali e compatte da una ad un'altra verità, ma ad ogni fase e ad ogni momento è, nei vari pensatori, su tutti i campi scisso in visuali, ossia verità, micidialmente contrarie e negantisi a vicenda, senza che sopra queste esista autorità o criterio per stabilire se una di esse vi sia e quale di esse sia che coincida con la verità.

IV

IL SIGNIFICATO

DELLE CONTRADDIZIONI

Nessun sotterfugio filosofico riesce dunque a togliere, velare o mutare il significato delle contraddizioni, per chi sappia guardarle senza i paraocchi speculativi. Ed è appunto questo fatto triviale e puerile che ci contraddiciamo, quello che, affacciandomisi con la stessa estremamente vivace genuinità con cui colpì coloro che lo percepirono per la prima volta, cioè i Sofisti, mi dà sempre più l'impressione d'essere il fatto decisivo per l'interpretazione del mondo.

L'impressione, cioè, che esso mi suscita è la seguente.

Hegel, ho detto, elimina in verità la ragione dal reale. Nell'Aufklärung, la ragione umana, la ragione soggettiva, aveva sottoposto alla sua critica demolitrice storia, costumi, credenze religiose. No, dice Hegel. Non si tratta di criticare il reale con la nostra ragione soggettiva; non è possibile; è ridicolo farlo: come potremmo esser noi, soggettivamente, noi minuscoli prodotti dello stesso reale, come potrebbero essere i pareri che ci vengono in testa, il metro per giudicare legittimamente questo reale immenso che ci genera e porta nel suo seno? La realtà occorre, non criticarla, ma intenderla. E la si intende solo se la si concepisce come l'estrinsecazione d'una ragione, ma non già della nostra soggettiva, bensì d'una ragione obbiettiva, impersonale, extracosciente, la quale è la stessa che viene in noi alla coscienza, qualora, rinunciando ai nostri pareri soggettivi, noi aderiamo con la nostra mente a quella ragione obbiettiva, cioè alla realtà in cui essa unicamente si estrinseca e si rivela; col quale aderirvi e riconoscerla la nostra ragione combacia con essa, nel che sta l'intendere, e si ricongiunge e fonde con la ragione obbiettiva da cui la realtà si è sviluppata.

Che è ciò? Poiché l'unica attività ragionatrice di cui percepiamo e possiamo affermare l'esistenza è la nostra, dire «ragione obbiettiva, non soggettiva nostra», è come dire «ragione che non è ciò che solo conosciamo come ragione», ossia è dire «nonragione». E dire che la nostra ragione subbiettiva deve aderire a tale ragione obbiettiva, e, per essa, alla realtà, in cui soltanto essa si estrinseca, è dire che il fatto in quanto semplicemente fatto, titolato di ragione come e perché è, è sovrano.

Ma questo, in diverse parole, non è altro che affermare con Hume che «necessity is something, that exists in the mind, not in objects». Non è altro che riportarsi all'intuizione di Spinoza, la cui essenza e grandezza consiste appunto in ciò, che la «perfezione» (o razionalità) delle cose è ridotta all'essere delle cose come sono; che essa è un magnifico sforzo per far contemplare lo sviluppo eterno delle cose con obbiettività assoluta, come uno sviluppo che si fa in sé e da sé senza cura per noi; che essa è dunque lo sradicamento dalle cose d'ogni nostra categoria e veramente la soppressione d'ogni nostro «dover essere» a beneficio del puro e semplice essere (e che l'intuizione spinoziana sia tale è un fatto che proietta luce sul «segreto» dell'idealismo assoluto tedesco, che si volse a Spinoza con tanta simpatia e con tanto senso di intima affinità). Non è, dunque, che riportarsi all'intuizione di Spinoza, secondo il quale «Perfectio igitur et imperfectio revera modi solummodo cogitandi sunt, nempe notiones quas fingere solemus» per cui egli dichiara: «Me Naturae non tribuere pulchritudinem, deformitatem, ordinem, neque confusionem. Nam res non, nisi respective ad nostram imaginationem, possunt dici pulchrae aut deformes, ordinatae aut confusae». E per cui, ancora, più risolutamente insiste: «Pulchritudo... non tam objecti, quod conspicitur, est qualitas, quam in eo, qui conspicit, effectus... adeo ut res, in se spectatae, vel ad Deum relatae, nec pulchrae nec deformes sint»; e

«Perfectio atque Imperfectio sunt denominationes, quae non multum a denominationibus pulchritudinis et deformitatis differunt». Non è altro, infine, quella posizione hegeliana, che riconoscere con colui al cui sguardo potente la realtà lasciò lampeggiare i suoi lati più profondi, col Leopardi, che «Le cose non sono quali sono, se non perch'elle son tali. Ragione preesistente, o dell'esistenza o del suo modo, ragione anteriore e indipendente dall'essere e dal modo di essere delle cose, questa ragione non v'è, né si può immaginare. Quindi nessuna necessità né di veruna esistenza, né di tale o tale, e così o così fatta esistenza... Niente preesiste alle cose. Né forme, o idee, né necessità né ragione di essere, e di essere così o così. Tutto è posteriore all'esistenza». Non è, insomma, se non dire, che la realtà si sottrae alla valutazione razionale, che è incommensurabile alla coscienza logica, che ad essa non trova applicazione la categoria razionaleirrazionale, perché tale valutazione e tale categoria nascono solo nelle nostre menti, così come nell'Orsa Maggiore non è insita la figura d'un carro, per il fatto che il nostro occhio ve la compone, e anche se nessun occhio la guardasse. Ossia, secondo, ancora, Hume esprime la cosa nel libro dove viene più chiaramente in luce che l'irrazionalismo è la base della sua filosofia, tutto ciò equivale a chiedersi «quale particolare privilegio ha questa piccola agitazione del cervello che noi chiamiamo pensiero, perché noi dobbiamo farla così il modello dell'intero universo»; equivale a domandarsi, «poiché il pensiero, come possiamo ben supporre, è confinato solamente a questo piccolo angolo ed ha anche qui una così limitata sfera d'azione, con quale attendibilità ci è lecito designarlo come la causa originaria di tutte le cose»; equivale a constatare con lui che quanto più si spingono avanti le ricerche circa i procedimenti della natura, tanto più ci risulta che la causa universale di tutto è «vastly different from mankind» vale a dire (poiché «umanità» vale «ragione», non conoscendosi, come egli stesso avverte, altra «mind» che l'umana) dalla ragione.

Ma come dunque la realtà si sottrae alla valutazione razionale, come essa è nonragione, così neppure delle nostre ragioni si può dire che esse siano ragione, che esse si trovino nel punto o centro certo della ragione, che ineriscano ad esso (centro certo, dico, perché, se la ragione esiste, non potendo essa essere che sempre una, quella, deve consistere in un punto centrico unico, quasi a dire inesteso, che non lasci latitudine a deviazioni). L'obbiezione che Windelband muove a Schopenhauer, cioè che egli si sia contraddetto perché non si capisce come l'«irrazionale volontà originaria abbia avuto l'idea di manifestarsi nella forma della coscienza razionale», come «da volontà cieca abbia generato la coscienza razionale, che è chiamata a vincerla» – tale obbiezione, seppure regge contro Schopenhauer, non regge contro i fatti, perché la coscienza o la mente che la realtà originaria ha generato non è meno irrazionale di questa stessa realtà. Aristotele e Kant concordano nel dire che il carattere distintivo tra la veglia e il sogno è che nella prima abbiamo tutti un mondo comune, nel secondo ciascuno un mondo proprio. Ora, il fatto è che anche nella veglia il mondo che abbiamo comune è limitatissimo ed elementarissimo e si estende probabilmente soltanto al mondo della percezione sensibile (fin qui soltanto, adunque, si estende la ragione come quel punto centrico unico ed inesteso, che non lasci spazio a deviazioni, in cui essa non può non consistere). Ma in tutto ciò in cui siamo veramente noi, non è più così. In un interessante, e istruttivo al riguardo, dialoghetto tra Ippia e Socrate, riferito da Senofonte, Socrate ad Ippia, che lo derideva pel suo ripetere sempre le stesse cose, risponde: «ma e tu non dici forse sempre che due per cinque fa dieci?». «Circa questi argomenti, sì,» replica Ippia «dico sempre lo stesso, ma intorno al giusto ho ora da dire una cosa nuova, alla quale nessuno potrà contraddire». «Hai fatto dunque» ribatte Socrate «una scoperta meravigliosa, se i giudici cesseranno dal votare in senso contrario gli uni agli altri, e i cittadini cesseranno dal contendere, dal litigare, dall'insorgere gli uni contro gli altri circa la giustizia, e gli

Stati cesseranno dal dissentire intorno al giusto e dal guerreggiarsi». Scetticismo di Ippia di fronte a
Socrate e di Socrate di fronte ad Ippia. In tutto ciò, adunque, in cui siamo veramente noi, nelle nostre
convinzioni più vitali, nelle nostre visuali più intime e profonde, nel nostro modo (tanto nostro che
spessissimo non è nemmeno trasferibile in parole) di scorgere complessivamente la vita, ciascuno
vive chiuso in un mondo esclusivamente suo proprio – nel suo mondo di convinzioni religiose, di
sentimenti morali, di idee artistiche, di particolari concezioni di condotta pratica, di sfumature di
opinioni politiche –, universo spirituale che, come ho detto, nel suo inscindibile complesso, non
condividiamo con nessun altro, di cui nessun altro può compartecipare. Veramente ogni monade è un
«miroir de l'univers à sa mode», lo rappresenta «à sa manière» e veramente, come accenna il Simmel,
tutto al contrario di quanto pensano gli idealisti, siamo, se mai, diventati uni e identici solo nel nostro
io superficiale ed empirico, ma invece proprio nel nostro io profondo, metafisicamente unici,
assolutamente diversi da ogni altro.

Di questo avere ciascuno di noi, nel nostro più vero e profondo io, il nostro mondo particolare – di
questo fatto che per Aristotele e Kant vuol dire vivere non nella razionalità della coscienza sveglia
ma nell'irrazionalità del sogno –, riceve la percezione sempre più accentuata chiunque possegga larga
esperienza della vita e sguardo acuto a penetrare e comprendere le più disparate situazioni
psicologiche. Si sappia osservare e rivivere in sé la coscienza del religioso fervente e devoto e
dell'incredulo militante, dello scienziato pel quale il perno della vita è una serie di riuscite esperienze
di laboratorio e della signora elegante per la quale esso sta nell'indossare un vestito di taglio squisito
in una società distinta – e si avrà la sensazione di questi mondi spirituali irrimediabilmente diversi e
dell'assoluta loro incomunicabilità. Ora, ciò che in questo fatto della eterogeneità e incomunicabilità
dei nostri mondi spirituali fa scorgere la prova della situazione di irrazionalità in cui giacciono tutte
le nostre menti, è che ciascuno di questi mondi respinge l'altro come irrazionale. Lo scienziato
giudicherà la signora elegante un cervellino vuoto, ma la signora elegante sorriderà dello scienziato
come di un pover'uomo, d'un «originale», d'un allucinato, cui un'ostinata fissazione toglie la visuale
semplice e sensata della vita. Un uomo d'affari o un agricoltore non può non considerare come un
monomane, come una persona la cui mente è alterata da un'assurda idea fissa, in sostanza come in
qualche lato un pazzo, colui che, come noi pensatori e scrittori, vive sotto il sentimento dominatore
che la vita vera consista nello scrivere i propri pensieri, che se non si potesse più scrivere la vita
diventerebbe inutile: colui che fa consistere la vita nello scrivere. E viceversa il pensatore e lo scrittore
spesso considera l'uomo d'affari e di politica come uno che si lascia abbacinare e stordire da
superficialità effimere e per esse perde di vista le cose eterne e sole importanti della vita: lo considera,
cioè, in sostanza, anch'esso come un pazzo. Il che non toglie che l'uomo d'affari abbia talvolta come
un lampo che gli fa pensare: «ma tutto questo mio agitarmi per cose triviali, piccole, prive di ogni
valore spirituale, per merci e dogane, per titoli e cambiali, può dar senso ad un'esistenza umana?»; e
al pensatore una voce talvolta sussurri: «a che questo eterno e inutile mulinare con fantasmi cerebrali,
aggirantisi fuori della realtà concreta e mondana? non sarebbe più serio piantare e far crescere un
albero fruttifero?». In tal guisa ogni ragione, ogni mente, chiusa nel proprio universo spirituale,
riscontra in ogni altra (quando non talvolta in se stessa) una nonragione. E la constatazione, che da
ciò scaturisce, d'una universale nonragione, della (come diceva Schopenhauer) «ursprüngliche
Unvernünftigkeit unsers Wesens», è quella che quasi tutti i pensatori i quali hanno saputo guardar le
cose umane più in fondo, dovettero fare. Così già anche Socrate, il quale chiaramente scorgeva che il
fatto del discordare è indice di pazzia: οὐ ταὐτὰ δοξάζειν ἀλλήλοις, ἀλλὰ τοῖς μαινομένοις ὁμοίως
διακεῖσϑαι πρὸς ἀλλήλους. Così Schopenhauer stesso quando constata «che l'uomo è sempre aperto

all'illusione, poiché è preda di tutte le immaginabili chimere che gli si instillano, le quali, agendo come motivo della sua volontà, possono spingerlo a stoltezze e pazzie d'ogni specie e alle più inaudite stravaganze», e quando altrove conferma che la considerazione dei comportamenti umani lo ha pienamente convinto dell'antica sentenza «humani generis mater nutrixque profecto stultitia est». Così il Leopardi, quando rileva che «la cosa più rara nella società è di trovare un uomo che veramente non sia, come si dice, un originale» e «che rade volte ti avverrà di usare lungamente anche con una persona civilissima, che tu non iscuopra in lei e ne' suoi modi più di una stranezza o assurdità o bizzarria tale che ti farà maravigliare». Così il La Rochefoucauld, quando vergava questa sua massima, piena anche tra le righe di così ampia verità: «La folie nous suit dans tous les temps de la vie. Si quelqu'un paroît sage c'est seulement parce que ses folies sont proportionnées à son âge et à sa fortune». Così un religiosissimo scrittore come Hilty, quando riconosce che «in ogni uomo vi è qualcosa di stravolto (Verkehrtes) circa le sue inclinazioni, che talvolta confina realmente con la pazzia (Verrücktheit) nel senso letterale della parola». Così, un pensatore, egli pure profondamente religioso, il Pascal, quando, con la sua estremamente vibrante sensibilità, percepisce la situazione spirituale umana come segue: «Les hommes sont si nécessairement fous, que ce serait être fou par un autre tour de folie de n'être pas fou»; cioè nell'irrazionalità (pazzia) universale e connaturata alla mente umana, stante vale a dire il fatto che la mente non coincide o inerisce coll'inesteso punto centrale unico di ragione, pazzia sarebbe pretendere di possedere una mente che vi inerisse, seppure, inoltre, fosse possibile aver un criterio per determinare quando a quel punto centrale (supposto che esso esistesse) una mente inerisce e quando no.

Giacché tale criterio non c'è. Prendiamo un'antitesi estrema. La visuale del teppista, pel quale l'unica vita da vivere è quella notturna e losca di ozio, di sangue, di vizio, e quella dell'ordinario ben costumato cittadino e padre di famiglia. Qui pochi saranno disposti a riconoscere che entrambe queste visuali, viste dall'interno, appariscano razionali, e che la seconda per giudicare della prima possegga solo un metro in nulla superiore a quel che possiede la prima per giudicare la seconda, cioè un modo di vedere soggettivo, un individuale parere. Qui si griderà facilmente che è evidente, che è indiscutibile, che solo la seconda visuale è quella razionale e normale. Ma attenuiamo alquanto l'antitesi. Poniamo di fronte la visuale dell'uomo che, vivente nei limiti dell'ordinaria correttezza, è abile e pronto a sfruttare senza riservatezze e scrupoli le occasioni propizie e ama vivere la sua vita con larga grossolanità gaudente; e la visuale dell'uomo attaccato rigorosamente ai princìpi, non procacciante, alieno da transazioni o intrighi, che perde in causa di ciò occasioni di farsi strada o arricchirsi, e si attiene ad una vita semplice, modesta, ristretta: la visuale dell'uomo «puro», dalle «mani nette». Qui crescerà d'assai il numero di coloro che riconosceranno legittima l'incertezza circa la decisione quale delle due visuali sia quella razionale e normale. Il caso precedentemente addotto, del rimorso del bene, del giudicare, cioè, che noi facciamo, ingenuo, sciocco, irrazionale un precedente atto d'impeccabilità da noi compiuto – con grande rilievo il caso di Pafnuzio – sta là a provarlo. La stessa «normalità» di pensiero e di vita, infatti, non è forse un modo di vedere, una «fissazione»? Non sarebbe, invece, vera l'altra visuale? Già solo che l'altro veda così è una ragione d'incertezza. E non infrequentemente l'uomo «normale», «virtuoso», il «puro», si sente assillato dal dubbio se non sia egli pazzo, se veramente non sia egli che sacrifica la vita per delle ubbie. La «virtù» del resto, non appena si fa fervida, conseguente, tenace (come, ad esempio, teoreticamente in un Fichte, o praticamente, poniamo, in un Savonarola) non diventa essa (e, tipicamente, per uno che si affatica da tempo a sedurre una donna, l'ostinata «virtù» di costei) un'idea fissa, un'eccentricità, una cocciutaggine, una cecità, una pazzia? E se Bruto alla soglia della morte poteva riassumere l'esperienza conclusiva della sua vita con la famosa frase «o virtù miserabile eri una parola nuda e io ti seguivo come tu fossi una cosa», perché questo pensiero non potrà balenare come una verità razionale a chiunque altro in una o altra fase dell'esistenza? Anche qui colui che ha pronunciata la parola insuperabilmente risolutiva è stato Pascal. «Ceux qui sont dans le dérèglement disent à ceux qui sont dans l'ordre que ce sont eux qui s'éloignent de la nature, et ils la croient suivre: comme ceux qui sont dans un vaisseau croient que ceux qui sont au bord fuient. Le language est pareil de tous côtés. Il faut avoir un point fixe pour en juger. Le port juge ceux qui sont dans un vaisseau; mais où prendronsnous un port dans la morale?». La mancanza del «porto», del punto fisso universalmente riconosciuto di riferimento, è ciò che impedisce di decidere quale dei nostri eterogenei e incomunicabili mondi spirituali coincida con la razionalità, anzi se uno solo vi coincida.

Ma, per di più, si osservi. Dove noi siamo assolutamente certi di essere nella verità e nella razionalità, dobbiamo ritener fuori della ragione, ossia pazzo, chi la pensa diversamente. E, infatti, quanto più siamo certi della verità d'una nostra idea tanto più riteniamo così. Se riguardo a talune nostre idee su cui altri dissentono da noi, ammettiamo che anche quelle di questi altri potrebbero essere vere, cioè che essi non sono pazzi professando idee diverse dalle nostre, vi sono casi in cui questo non possiamo ammettere. Vi sono casi, vale a dire, in cui scorgiamo l'idea contraria alla nostra come assolutamente incompatibile con la ragione, contraria all'essenza di questa. Potrò ammettere, per esempio, che senza essere pazzi, si possa dare delle contraddizioni un'interpretazione diversa da quella che qui svolgo. Ma mi sarà assolutamente impossibile di ammettere che si possa ritenere per vero questo o quel dogma di religioni positive – poniamo quello che un Dio sia diventato uomo e che mediante un'azione magica sacerdotale si reincarni ogni giorno nel pane azimo – senza essere (almeno in una certa sfera, ché v'è una pazzia parziale) del tutto fuori della ragione, del tutto pazzi. Qui non potrò a meno di pensare con Spinoza che si tratta di «absurdos errores», di «hujus Ecclesiae horribilia secreta, quae, quo magis rectae Rationi repugnant, eo ipso intellectum trascendere credis». Qui dunque incorre una sfida a morte tra mente e mente, tra ragione e ragione. O è pazza la ragione in colui che ritiene per vere tali cose, o è pazza la ragione in me che è certa che per ritenerle vere bisogna essere pazzo. Pure anche qui, gli aderenti a queste idee sono certi della verità di esse, e considerano aberranti coloro che la negano, e dicono con Pascal: «Que je hais ces sottises (cioè pazzie), de ne pas croire l'Eucharistie!». Ciascuna ragione accusa l'altra di irragione, è certa che l'altra è irragione. Alla mia pare pazzia la ragione dell'altro, a quella di costui pare pazzia la ragione mia. Quale prova più decisiva che, proprio per giudizio di tutte le menti, di tutte le ragioni, non v'è una ragione, non v'è una ragione una, ossia non v'è la ragione? Che l'unico elemento di universalità, di comunità, ossia veramente di certezza, che v'è nella ragione, è questo qualificare che essa fa se medesima, per opera di ciascuna ragione riguardo a ciascun'altra, di irrazionalità?

Che se gli esempi che ho dati a sostegno della mia argomentazione sembrassero triti e superficiali, ci si immerga un momento nella concezione della storia umana che ci offre il genialissimo libro dello Spengler, uno dei più atti a rompere le incrostazioni intellettuali consuetudinarie. Si apprenda colà che non c'è né un'umanità, né una storia dell'umanità, ma solo fasi di civiltà umana, esistenti distinte e staccate l'una dall'altra come i vari organismi animali e vegetali, che percorrono ciascuna il loro ciclo di vita, alla fine del quale muoiono definitivamente, senza che nulla trapassi e riviva da una di esse in un'altra, e ciascuna delle quali ha la propria verità, la propria filosofia, la propria matematica, limitate ad essa, valevoli solo per essa, e che muoiono con essa. Si apprenda a considerare queste fasi di civiltà, ossia la storia universale, liberandosi dal nostro «casuale punto di osservazione». E si comprenderà allora che non bisogna prendere le verità «occidentali» per verità universali; che «universalità è sempre una conclusione falsamente tratta da sé agli altri»; che «per il vero conoscitore degli uomini non ci sono punti di vista assolutamente giusti o falsi»; che di fronte a questa morfologia storica comparata non rimane se non la possibilità dello scetticismo, cui, anzi, essa potenzia grandemente rispetto a quello antico non storico. Si comprenderà, insomma, che come attraverso le menti individuali non corre il substrato comune d'una ragione una, della ragione, così, se allarghiamo il nostro sguardo a quegli organismi infinitamente più grandi che sono le fasi di civiltà umana, scorgiamo che neppure attraverso ad esse, poiché ciascuna di esse ha il proprio incomunicabile mondo spirituale, la propria incomunicabile ragione, corre una ragione una, che neppure su di esse, cioè, domina quell'una ragione che solo potrebbe dirsi la ragione.

In altre parole. Perché si potesse stabilire che, o se, le menti ineriscono alla ragione, occorrerebbe uno di questi due fatti: o che la ragione fosse un oggetto o modulo extramentale riconosciuto come quello su cui le menti possono controllarsi e in confronto del quale essere giudicate; ovvero che le menti fossero tutte e su tutti i punti interamente une, assolutamente d'accordo.

Si noti che i due fatti ne formano in sostanza uno solo. O, detta altrimenti: sia che si prenda le mosse dall'oggetto, dal contenuto, dalla materia, sia che si prenda le mosse dal soggetto o dalla forma, la situazione è sempre la stessa. Nel primo caso, occorre che l'accordo delle menti vi sia nel riconoscimento d'un contenuto o materia (d'alcunché che la forma trova dinanzi a sé, che le è dato) come vero, bello, bene. Nel secondo caso occorre che tale accordo vi sia in ciò che, come tale, la forma stessa dal suo seno genera. L'accordo delle menti è, nell'uno come nell'altro caso, la condizione necessaria perché si possa dire che alcunché è conosciuto con validità di assolutezza, ossia come la ragione.

E poiché (quantunque sembri impossibile che un fatto così palmare come questo, che certezza, verità, ragione c'è solo dove c'è l'accordo delle menti, possa essere revocato in dubbio) invece i dogmatici non solo lo impugnano, ma non si peritano di volerlo far apparire come una puerilità o una ridicolaggine; poiché essi vi oppongono in sostanza, lo spinoziano «verum index sui et falsi» (fingendo di non vedere che la mancanza d'ogni criterio per l'applicabilità di tale principio è dimostrata proprio dalle righe immediatamente precedenti con cui Spinoza vi perviene, nelle quali egli asserisce di esser certo della verità della sua filosofia «eodem modo ac tu scis, tres Angulos Trianguli aequales esse duobus rectis»: donde risulta che quel principio diceva a Spinoza che la medesima apoditticità, costringente logicamente tutte le ragioni, che hanno gli Elementi di Euclide, la verità eterna e immutabile, era posseduta dalla sua dottrina) – così non sarà inutile ricordare come il fatto che certezza, verità, ragione v'è solo dove le menti sono unanimi, è un caposaldo esplicitamente posto dallo stesso Kant. Non solo, infatti, questi, nelle Prefazioni della Critica della Ragion pura, dice che un campo di sapere dove «non è possibile render concordi i diversi collaboratori sul modo col quale debba esser perseguito lo scopo comune» è in istato di «semplice brancolamento»; e, constatato che in tale condizione si trova la metafisica (al contrario della logica, la quale dimostra il suo carattere di vera scienza in ciò che da Aristotele in poi «non ha dovuto fare nessun passo indietro» e «non ha potuto fare nessun passo innanzi»), si propone di ridurla a scienza che la posterità non abbia più se non da adattare «per la maniera didascalica alle sue vedute, senza però poter accrescerne minutamente il contenuto», a scienza che rimanga «come un utile possesso al quale nulla potrà essere aggiunto». Non solo. Ché, altresì, altrove Kant ancor più esplicitamente dichiara che «la verità riposa sull'accordo con l'oggetto, rispetto al quale per conseguenza i giudizi di tutti gli intelletti devono (müssen, si badi) essere d'accordo», e che «io non posso affermare nulla (cioè esprimere alcunché come un giudizio necessariamente valevole per ognuno), tranne ciò che opera una convinzione». Ed ecco così, il principio della necessità dell'accordo delle menti per la verità, la certezza, la ragione, autorevolmente suffragato, quantunque sia cosa penosa e pietosa constatare che di suffragarlo con l'adduzione di autorità vi fosse bisogno.

Ma ora dunque, né l'uno né l'altro dei due fatti dianzi prospettati ha luogo: né è la ragione un modulo extramentale con cui le menti, indiscutibilmente, indisconoscibilmente, possano e debbano confrontarsi, misurarsi, controllarsi; né le menti sono d'accordo.

Allora, la posizione in cui noi ci troviamo resta perfettamente chiarita dal seguente esempio.

Quando i nostri orologi non concordano tra di loro, noi possiamo conoscere l'ora che è, e rettificarli su questa, perché questa noi la constatiamo in un fatto esteriore ai nostri singoli orologi, riconosciuto indiscutibilmente come quello su cui i nostri orologi devono misurarsi e controllarsi, e che giudica obbiettivamente di questi, stabilendo quale è giusto e quale sbaglia: il moto degli astri. Ma supponiamo che tale fatto esteriore ai nostri orologi, destinato al controllo di questi, non esistesse, e che i nostri orologi continuassero a discordare. Come potremmo allora, in mancanza di quel fatto esteriore obbiettivo e nel discordare dei singoli nostri orologi, conoscere l'ora che è? Ora questo appunto è il caso delle nostre ragioni. Non c'è l'oggetto esterno ad esse, l'esterno moduloragione, su cui controllarle e che le giudichi, ed esse discordano fra di loro. Come conoscere l'ora che è della ragione?

Ma questo è ancora dir poco. Nel discordare dei nostri orologi, e supposto inesistente il fatto esterno ad essi con cui controllarli, si potrebbe mai dire che c'è l'ora che è? E quale dunque sarebbe? Quella del mio, del tuo o del suo orologio? Così per le nostre ragioni. Nel discordare di esse, e mancando il fatto o moduloragione esterno di controllo, poco è chiedersi: come si fa a conoscere l'ora che è della ragione? Bisogna invece chiedersi: poiché esse, senza possibilità di controllo per opera d'un modulo esterno, discordano, si può mai dire che c'è l'ora che è della ragione? Ossia, che c'è la ragione, il punto determinato, centrico, in cui la ragione stia e consista?

In pagine precedenti ho lasciato tacitamente correre la supposizione dell'ammissibilità di questo punto centrico, unico, inesteso (cioè senza latitudine e deviazioni) soltanto nel quale la ragione può consistere. Non si sa se e quando le ragioni vi ineriscano, si diceva allora; il che permetteva di supporre che, pur non sapendosi ciò, però esso esistesse. L'ultima parte dell'indagine costringe invece a concludere che esso – ossia la ragione – non c'è. Poiché su tutte le questioni, grandi e piccole, la ragione non potrebbe essere che una, quella, e poiché invece su tutte le questioni le nostre menti divergono, questo fatto della divergenza non vuol già dire soltanto che esse tutte, o tutte meno una (che però, in ogni modo, non si sa quale sia) escon fuori dal punto della ragione; ma vuol dire che questo punto di ragione, ossia la ragione, non c'è, precisamente come, nel divergere dei nostri orologi (supposto soppresso il fatto esterno che serve a controllarli) non c'è più l'ora che è.

Si noti che questa e nient'altro è l'essenza e la molla di tutto il profondo e appassionato pensiero di Pascal. Cioè: la mente umana non può uscire da una situazione di assoluto pirronismo; essa non può affatto sapere dove sia la verità e la ragione. Solo la rivelazione le dice ove queste sieno; la rivelazione è dunque l'unica àncora in quel mare di pirronismo in cui senza di essa la mente non può non trovarsi, che senza di essa è lo stato necessario della mente, la sua unica verità. I due termini fissi del pensiero pascaliano sono: lo stato per la mente umana di totale inconoscibilità, anzi inesistenza della verità (pirronismo), ed il fatto extramentale della rivelazione da parte di un'autorità indiscutibile e superumana che dà alla mente umana la verità (l'ora che è). Se non ci fosse quest'ultimo fatto, non rimarrebbe se non il primo. – E Pascal ha veduto del tutto giusto. Egli ha scorto con rara chiarezza che gli orologi della mente, discordando, hanno bisogno d'un fatto esterno per regolarsi, che senza tale fatto esterno non c'è più per la mente l'ora che è. Tale fatto esterno egli lo aveva, sicuro, sfolgorante: la rivelazione. Tolto questo, lasciata a sé la mente umana, considerata la mente umana in sé sola, nel suo divergere, nell'impossibilità d'avere un punto fermo, egli riconosceva che non rimaneva se non l'altra alternativa: lo scetticismo. O lo stabile, fisso, preciso punto d'orientamento, comunicato, con autorità, contro cui non è possibile sollevare nessun dubbio, alle menti umane da un'intelligenza l'infallibilità della quale è assicurata, e che è quindi sottratto alle discussioni e alle divergenze delle menti umane medesime; ovvero, precisamente in forza di tali discussioni e divergenze, la necessità di riconoscere che non v'è nessuna cosa (tocca da queste) di cui si possa dire che si conosce, che si sa. Cioè: o scetticismo o rivelazione. Il dilemma è esattissimo. Io lo accetto in pieno. Naturalmente poco tempo è bastato perché la scelta tra i suoi due termini venisse decisa. Caduta definitivamente, come modulo di verità, la rivelazione, è lo stesso Pascal che ci dice che non rimane se non lo scetticismo, l'inesistenza della verità, l'inesistenza dell'una ragione.

Non esiste la ragione, questo punto centrico a cui le menti ineriscano o possano inerire: questa entità o attività (stessa cosa), che, superiore e precedente ad ogni singola mente, fluisca ed operi in tutte le menti e, non già sia fatta esistere dalle singole menti, ma sia essa che come menti le fa essere. Non esiste la ragione. Esistono solo le ragioni. Non esiste ragione; esistono solo opinioni (δόξαι). – Tale, dunque, la conclusione a cui io pervengo. «Opinioni», come, per bocca di Didimo Chierico, e in conformità a tutto il pensiero genuinamente italiano, pronunciava anche il Foscolo. E quando i dogmatici, i razionalisti, gli idealisti, gli «illustri saggi» nietzschiani, cercano di sfuggire a questa conclusione facendo capo, in una o nell'altra forma, al concetto che nel Windelband si esprime con l'asserire una coscienza normale (Normalbewusstsein), i valori valutati dalla quale come valori sarebbero ciò che obbiettivamente ha valore, essi ricorrono ad un espediente che si ha diritto di chiamare filosoficamente miserabile: perché chi pensa e determina quale sia questa «coscienza normale» se non, ancora, un criterio, un sentimento, un parere individuale, cioè un giudizio soggettivo, un'«opinione»? Che cosa parla dunque per mezzo di questa «coscienza normale» se non, sempre, la mia opinione?

Ma che altro ha detto un razionalista come Spinoza? Egli scrive: «homines pro dispositione cerebri de rebus judicare, resque potius imaginari, quam intelligere. Res enim si intellixissent, illae omnes, texte mathesi, si non allicerent, ad minimum convincerent». Cioè: se gli uomini capissero, se in essi ci fosse la ragione, ciò si attesterebbe col fatto che tutti avrebbero circa tutte le cose l'identica convinzione, che tutti penserebbero medesimamente; poiché ciò non è, vuol dire che essi non hanno la ragione (intelligere), ma solo immaginazioni, opinioni (imaginari). E che altro può dire il positivismo, quando esso sia conseguente e non già, per non suscitare le antipatie del volgo leggente, per paura delle parole, o per altri consimili rispetti umani, si arretri dall'andar sino in fondo del suo pensiero? Poiché (come giustamente dice il Windelband) se l'«empirismo viene sviluppato con completa conseguenzialità esso deve finir per diventare soggettivismo e scetticismo», e in linea di fatto noi vediamo che «lo scetticismo empirico» di Hume è «il vero ed unico padre del positivismo»; e come precedentemente aveva, con uguale esattezza, osservato il Ravaisson, lo scetticismo (di Mill) discende a giusto titolo dal positivismo di Comte. Ora, infatti, quando Ardigò descrive la ragione (il pensiero) come la fiamma che, mentre sembra costante e sempre quella, in realtà è costituita ad ogni momento dalla combustione di sempre diverse molecole d'ossigeno; come la fiamma che cresce e diminuisce, si alza, s'abbassa, si spegne, lingueggia qua e là; quando usa per il pensiero questo paragone della fiamma che gli idealisti, nella loro incoscienza, hanno tanto deriso, mentre è poi quello stesso con cui una delle più antiche e profonde concezioni religiose, il buddhismo, preferisce appunto definire la vita in generale e la coscienza in particolare; quando paragona la ragione (il pensiero) al mutabile lampeggiamento che si sprigiona tra le nubi, o ad una «meteora passeggiera con intensità e forme varianti ad ogni istante», o alla fermentazione «non causa, ma effetto delle miscele fermentabili»; e quando, in seguito a ciò, rileva che «cambiandosi lo stato del sentimento si cambia del pari la ragione del vero e del falso, del giusto e dell'ingiusto» – che cosa dice egli di differente da quel che dico io con l'espressione che non esiste la ragione, ma solo pensieri diversi, visuali molteplici, opinioni varie, per nulla attraversati, permeati, dominati, fatti esistere da una ragione una? E unicamente in tal guisa, si badi, il pensiero è veramente soltanto un «farsi» anziché una cosa «fatta»; non in mano degli idealisti che pretendono mettere insieme il «farsi» del pensiero con una qualsivoglia assolutezza della ragione o dello spirito, fingendo di non vedere l'antitesi insormontabile (o il giuoco d'equivoco verbale), che v'è in tale abbinamento. Poiché se si tratta davvero unicamente d'un «farsi», che c'è solo nell'assoluto presente del suo «farsi», bisogna che questo «farsi», questa «fermentazione», avvenga in modo del tutto individualmente libero e indipendente in ogni punto singolo del suo «fermentare» (in ogni mente). Se davanti ai singoli punti del «fermentare» sta una tavola della legge della fermentazione (ragione assoluta, la quale dunque nell'idealismo odierno, è l'identica cosa dell'intellectus agens dei filosofi medioevali e particolarmente degli averroisti); se una «specie intenzionale» di fermentazione (spirito assoluto o intellectus agens) costituisce il prius d'ogni punto fermentante, ciò che si incarna in tutti e li fa fermentare tutti; se, per dirla con Ardigò, è la preesistente qualità occulta, energia potenziale, virtus, o attività «fermentazione» (ragione assoluta), la causa delle singole miscele fermentanti (singole ragioni o menti) e non ciascuna di queste la causa che quella in ciascuna indipendentemente, singolarmente e variamente si produca; allora, si voglia o no, non si tratta solo d'un «farsi», ma davanti ad ogni punto del «farsi» c'è qualcosa di «fatto». E quando poi l'Ardigò nega che il vero sia un fatto extrapsichico per la medesima ragione per cui non esiste un caldo trascendente e assoluto all'infuori dei singoli fenomeni di calore avverantisi nei singoli corpi; quando afferma insomma che non esiste il vero ma i fenomeni psichici di verità, come non esiste il caldo ma i corpi caldi; quale è la conclusione a cui da ciò non si può non pervenire se non quella appunto che non c'è verità, ma solo i nostri vari, singoli, individualmente generantisi fenomeni psichici di verità, cioè le nostre personali, soggettive, diverse, contrastanti, irreconciliabili «verità», le quali, appunto perché si negano a vicenda, sono altresì «non verità», semplici «opinioni»?

E bisogna finalmente render ben chiaro a se stessi, fuor degli equivoci in cui si ama spesso lasciar fluttuare il proprio pensiero, che cosa significa credere che esiste la verità, la ragione. – Per i positivisti, anzitutto. Se esiste la ragione, la verità, una, tipica, quella, principio unico superiore che domina, controlla, informa le singole menti, allora essa non può essere il prodotto dell'organo cerebrale, ma dev'essere un principio, un'energia, un'attività, un soffio, una facella (si chiami come si vuole) immateriale, ideale, eterno che si incarna nei nostri organi cerebrali e di cui questi sono lo strumento e almeno la condizione. Dunque si cade nell'idealismo. Altrimenti, se la ragione è il prodotto dell'organo cerebrale, ossia dei singoli organi cerebrali, vi sono le ragioni e le verità, non la ragione. – Poi, per gli idealisti e i positivisti insieme. Se esiste una certa cosa, o attività, energia, ecc., non riducibile alle singole e diverse menti individuali (ai loro pareri), non semplice prodotto vario e indipendente di ciascuna di esse, bensì superiore ad esse, universale, che, come sempre quell'una, prende dimora nelle singole menti, ed è ciò che le costituisce e le fa vivere come menti; questo alcunché, quando anche si chiami coscienza trascendentale o spirito, non è nulla di diverso dall'anima sostanziale degli scolastici, quid immateriale che movendo dal di fuori del tempo e dello spazio, prende stanza nei nostri corpi, conservando in tutti le stesse essenziali proprietà. Che cosa, infatti, finisce per essere l'animasostanza degli scolastici se non una scintilla, o principio, o motore ideale eterno, non spaziale e non temporale, di logica e di morale, di vero e di bene, che non già è (cioè non possiede le note percettive le quali unicamente sono per noi le note dell'essere), ma piuttosto possiede solo (per ricorrere ad un concetto del Lotze) l'esistenza ideale, eterna, immutabile di valoreragione, di valorebene? O che cosa, tranne (come scrive un valente espositore contemporaneo della scolastica) «the ultimate principle by which we feel, think, and will», credono che sia l'animasostanza, che cosa tranne (anziché un occulto substrato) il puro e semplice carattere dell'esistere, tale quale la «coscienza trascendentale», per sé e senza dipendere da alcunché d'altro, credono che sia la sua sostanzialità, coloro che ritengono d'aver cancellato essa animasostanza perché a questa parola hanno sostituito l'altra parola di spirito o coscienza trascendentale, e che ritengono di averla respinta, mentre tengono fermo al pensiero che esiste la verità e la ragione? – Più decisamente: l'affermazione che esiste la verità e la ragione non è che l'inconscia sopravvivenza atavica dell'animismo, della credenza primitiva in un'entità aeriforme dimorante dentro di noi, quella credenza «che i popoli indoeuropei hanno recato seco dai loro primitivi stadi di evoluzione». La ragione (verità), come qualcosa d'assoluto, d'uno in tutti e che ogni mente ha o deve avere, di universale, di imperante su tutti e in tutti inserentesi, in tutti uguale, in tutti quell'una (e non già come alcunché di generato variamente e con diverse e fuggevoli accidentalità dagli organi cerebrali, e quindi divergente, incerta, soggettiva, ossia nonragione) non è che l'ultima elaborazione, e vaporizzazione, di ciò che era per i primitivi l'«anima»; ossia è una superstizione atavica, come i demoni, il tabù o la stregoneria, che, attraverso mutata denominazione, ci siamo trascinati dietro e ci è rimasta radicata nel sangue.

Un filosofo irrazionalista e pessimista espresse una volta in forma estrema questa negazione della ragione, con la teoria della pazzia dell'assoluto. Il frammentarsi dello Spirito assoluto in tanti spiriti individuali discordanti fu il diventar pazzo dell'Assoluto, come è pazza una coscienza individuale che si dirompe in idee che non possono più coordinarsi tra di loro, ossia si frantuma in tante coscienze separate non aventi più un centro d'unità. Voglio, tale negazione della ragione, esprimerla a mio modo in forma estrema. Perché discorriamo? La parola, si dice, è l'espressione della ragione, è sorta ad un parto con la ragione. Ma non sarebbe essa piuttosto l'indice dell'irragione e della pazzia? Noi discorriamo per comunicarci a vicenda le nostre idee, cioè perché abbiamo idee diverse. Ma se nelle menti dimorasse la ragione, cioè la ragione una, penseremmo tutti, sempre e su ogni argomento, la stessa cosa, e perciò non avremmo nulla da comunicarci, e perciò non parleremmo. Nell'Epître à Lucien che Fontenelle premette ai suoi spiritosi Dialogues des Morts, egli dice di questi: «Je croirois même sans peine qu'ils devroient être assés éclairés pour convenir de tout les uns avec les autres, et par conséquent pour ne se parler presque jamais; car il me semble qu'il n'appartient de disputer qu'à nous autres ignorans, qui ne découvrons pas la vérité; de même qu'il n'appartient qu'à des aveugles qui ne voyent pas le but où ils vont, de s'entreheurter dans un chemin». Che la mente abbia prodotto la parola – il mezzo o ponte di comunicazione (ma comunicazione che serve, non già a unificare, bensì solo a notificare il distacco, e spesso ad accrescerlo) – è la prova, non già che nella mente alberghi la ragione, sibbene che le menti umane nel loro insieme vivono nella scoordinazione e nell'irrazionalità: precisamente come la presenza di ponti indica che la regione è accidentata, che vi sono burroni, abissi, tagli e distacchi tra un luogo e l'altro. Gli animali, quasi per intero immersi nel profondo livellamento della natura, in quella sua inconscia centrale unità, dalla quale lo spirito, col sollevarvisi sopra dividendosi in innumeri canali di spirito, si staccò per sempre, gli animali non parlano. Non si parlerebbe in un concilio di Dei, perché, se fossero veramente Dei, tutti avrebbero l'identica mente, l'identico ciò costituente il contenuto della mente d'uno di essi costituirebbe il contenuto della mente di tutti gli altri.

Ma perché si potesse pensare tutti la stessa cosa, perché il contenuto di tutte le menti potesse essere identico, occorrerebbe che il mondo fosse assolutamente uniforme, identico a sé, uno; e quindi, anche perciò, occorrerebbe altresì che la mente fosse assolutamente una, una sola, che esistesse un'unica mente. Ma mondo uniforme, identico, uno significa (come chiarirò meglio più oltre) mondo inesistente, nonmondo. E, del pari, mente perfettamente una significa nonmente. Una mente unica ed una, la mente d'un Dio, non potrebbe, infatti, pensare. Ché il pensare è un discorrere o dialogizzare interno, un passare da un'idea ad un'altra, abbandonarne una, scoprirne una nuova. Tutte cose che renderebbero una mente non più perfettamente identica a sé ed una, tutte cose inammissibili nella mente d'un Dio. Quell'unità delle menti, che la razionalità esige, rende dunque impossibile il mondo e la stessa mente; e, viceversa, l'esistenza del mondo, della mente, del reale, ha come sua necessaria conseguenza e condizione (ci imbatteremo in seguito in una conclusione conforme) quella diversità e divergenza delle menti in cui consiste l'irrazionalità. – E, del resto, neppure vivere un Dio potrebbe: ché lo stesso vivere è passaggio da uno stato ad uno diverso, è diventar continuamente altro da ciò che si è, e senza questo passaggio e diventar altro – incompatibile in Dio – c'è la stasi e la morte. Dio, se esistesse, non potrebbe essere che la natura più immobile e morta, la cosa più cosa che si possa immaginare. Ovvero la natura più morta, la cosa più cosa, questa è Dio.

Ma che, dunque, nelle nostre menti non alberghi la ragione, che (neppure in esse) la ragione non esista, non può far meraviglia; poiché le nostre menti sono il prodotto di quella realtà che s'è precedentemente visto non essere suscettibile di valutazione razionale, cui la categoria razionaleirrazionale non trova applicazione. Sono salito da tale realtà alla mente. Ridiscendo ora un momento dalla mente alla realtà. Questa, ho detto, si sottrae all'applicazione della categoria razionaleirrazionale. Ma bisogna ora esplicitamente aggiungere che, a stregua della nostra visuale («ragione»), essa risulta assurda.

Vano è il tentativo di interpretare la realtà come spirito (nel senso preciso della parola: spirito cosciente o io). Vi osta, non fosse altro, l'incancellabile presenza d'una vita animale e vegetale, che non può farsi passare per nostro fenomeno, che ha indubbiamente esistenza di realtà in sé, e non è spirito (in quel senso: tranne che per opera di frasi di proposito ingannatrici). Se si può applicar qui un'espressione di Spinoza, lo spirito (intellectus) appartiene alla natura naturata non alla natura naturante, ossia (per usare la proposizione con cui il Fischer schematizza questa parte della filosofia spinoziana) «ad Dei naturam neque intellectus neque voluntas pertinet». Più giusto è, col Bergson e col Simmel, interpretare la realtà come vita (e se, quando si dice che è spirito, per «spirito» s'intende, non «spirito» nel senso suo proprio anzidetto, ma semplicemente «vita», la questione è di parole); come impulso o «slancio» vitale cieco, che solo subordinatamente in qualche sua ristretta estrinsecazione (l'uomo) prende l'aspetto anche di «spirito». È, tale concezione dell'universo come d'una cosa viva, quella che già affermò Bruno. «Mi par che detrhano alla divina bontà e all'eccellenza di questo grande animale, e simulacro del primo principio, quelli che non vogliono intendere né affermare il mondo con gli suoi membri essere, animato... sia pur cosa quanto piccola, e minima si voglia, ha in sé parte di sostanza spirituale, la quale, se trova il soggetto disposto, si stende ad esser pianta, ad esser animale, e riceve membri di qualsivoglia corpo, che comunemente se dice animato:

perché spirto si trova in tutte le cose, e non è minimo corpuscolo che non contenga cotal porzione in sé, che non inanimi... Se dunque il spirto, la anima, la vita si ritrova in tutte le cose, e secondo certi gradi empie tutta la materia: viene certamente ad essere il vero atto, e la vera forma di tutte le cose... Ergo quidquid est, animal est» (dove, com'è chiaro, per Bruno, «spirito» non vuol dire altro che «vita»). È, la medesima concezione, in sostanza (e non ostante le opinioni contrarie), quella di Spinoza. In lui è veramente implicito Bergson, e chi si voglia sforzare di raffigurarsi, quasi a dire in forma visiva, la «natura naturans» se la vede diventare dinanzi agli occhi «evoluzione creatrice». Platone (nel Timeo e nel Filebo), Schelling e Fechner professarono la medesima concezione del mondo materiale come di un essere animato. Essa si può, nella sua forma bergsoniana, esprimere così. Quale è il quadro che l'evoluzionismo in generale vi suscita dinanzi? Voi vedete la vita cominciata con una forma elementarissima, limitatissima, appena accennata, un rudimentale protoplasma, plastidule, monere. Guardando ora allo sviluppo assunto attualmente dalla vita, nelle sue forme innumerevoli e grandemente complesse, scorgete chiaramente che vi fu un continuo crescere della vita su se stessa, un aumentarsi, uno svilupparsi, un diventar più, sempre più di quel che era contenuto nel momento precedente. E tutto l'universo – come attesta il formarsi dei sistemi solari dalle nebulose, e lo stesso prodursi in esso di quelle forme di vita primitive – tutto l'universo, che è così un incessante muoversi e formarsi, non si può dunque nella sua totalità pensare che come l'ardente fucina della continua autoproduzione d'un più di quel che era contenuto nel momento precedente, il continuo venir su d'alcunché che non c'era, una creazione dunque, una sovracreazione, di tutti i giorni, di tutti i minuti. Cioè l'intero universo non si può pensare che come vita, come organismo vivo, come costituito nel suo intimo della medesima attività o «forza» del germe che nel suo sviluppo a pianta autodiviene un sempre più. Tale l'idea fondamentale dell'«evoluzione creatrice». La quale dunque si distingue però da quella darwinisticospenceriana essenzialmente per ciò: in quest'ultima c'è, sì, un continuo cambiamento, ma è, per così dire, un cambiamento superficiale e più di apparenza che di sostanza, perché il tutto c'è già fin dal principio. Si tratta, per usare l'espressione di Ardigò, d'una trasformazione di forze anche prima esistenti in qualche forma, sebbene in forma diversa da quella di ora (per esempio nella forma della nebulosa primitiva). L'evoluzione, qui, non è che una serie di successive trasformazioni di quel tutto che, in fondo, c'è già, e nulla reca fuori che non sia in quello già contenuto. Ma come «creatrice», nel Bergson, l'evoluzione produce invece di continuo qualcosa che prima non c'era assolutamente e in nessuna forma, qualcosa di veramente e sostanzialmente nuovo.

Ora è appunto in questa sua interpretazione come vita, interpretazione più d'ogni altra verosimile, che la realtà ci apparisce un assurdo tanto più mostruoso.

Ciò non solo per l'illogicità in cui ad ogni momento ci imbattiamo nelle singole formazioni organiche: ecco, per esempio, nelle forme animali, la presenza l'uno accanto all'altro dell'esofago e della trachea, cioè di due organi il funzionamento d'uno dei quali costituisce per l'altro un pericolo che è mortale; ecco nelle forme vegetali, la contiguità degli organi maschili e femminili nel medesimo fiore, mentre poi la fecondazione tra di essi è anormale e produce un individuo intristito, e occorre per la buona generazione la fecondazione incrociata, ossia che il polline d'un fiore fecondi il pistillo d'altro, mediante l'opera del vento o degli insetti, queste combinazioni stupefacenti, che riempiono molta buona gente d'una sconfinata ammirazione per la riposta sapienza della natura e che invece in realtà non provano evidentemente altro se non che tutto si è formato per mezzo del caso più cieco; ecco insomma, quella generale costituzione e quell'abituale comportamento della natura, la cui illogicità, odiosità, mostruosità fu così profondamente sentita ed efficacemente esposta in uno scritto postumo da uno dei maggiori pensatori positivisti, il Mill, il quale assomma il suo sentimento al riguardo nelle proposizioni: che l'ordine della natura «is such as no being, whose attributes are justice and benevolence, would have made, whith the intention that his rational creatures should follow it as an example», e che «All which people are accustomed to deprecate as "disorder" and its consequences, is precisely a counterpart of Nature's ways». Non solo, ancora, per quel che mette in luce il Simmel nell'ultima fase della sua filosofia, che cioè la vita non può vivere se non racchiudendosi entro forme, e, nell'istesso tempo, per continuar a vivere, ha bisogno di spezzare incessantemente le forme in cui da sé si chiude e di cui non può fare a meno. Non solo per tutto ciò la realtà interpretata come vita ci si palesa tanto più assurda; ma altresì per una considerazione ancor più decisiva e che colpisce maggiormente la cosa nella sua essenza e nel suo centro.

La vita totale, in cui la realtà consiste, si frammenta o si individua in tante vite particolari; l'unica esistenza che essa ha, è l'esistenza che possiede come queste vite particolari. Ora, ciascuna di tali vite, che sole formano la vita e la realtà, ha bisogno di distruggerne altre per mantenersi in vita e deve essere da altre distrutta perché queste possano mantenersi in vita. Sono dunque tutte mezzi una dell'altra; e quindi mezzi di nessun fine. Voglio anche qui esprimere in forma estrema l'aspetto ingenuo, quasi fanciullesco, sotto cui io vedo la cosa. Mi diventa sempre più sbalorditiva e violenta l'impressione che la vita sia fondata su questo fatto semplicissimo e famigliarissimo: il mangiare. Perché, che cosa vuol dire mangiare? Che una vita distrugge lietamente, saporosamente un'altra vita per incorporarsela; che deve distruggerla per conservarsi. Ma che vuol dire dunque che per vivere occorra necessariamente mangiare, che la vita per reggersi abbia imprescindibile bisogno del mangiare? Vuol dire che la vita (la realtà) per esistere ha bisogno di distruggere se stessa. Una realtà che si mantiene solo annientandosi, che si afferma solo togliendosi, che si pone solo negandosi. Non è forse ciò, per la nostra mentalità, l'espressione stessa dell'assurdo? Schopenhauer aveva bene avvertito questa intima contraddizione della Volontà con se stessa per cui la vita «die Zähne in sein eigenes Fleisch schlägt», per cui essa «sein eigenes Fleisch gierig verzehrt». Ma assai più elementarmente e tangibilmente che non per opera dei dolori che reciprocamente ci cagioniamo nella vita sociale (coi quali Schopenhauer esemplifica quella sua affermazione), la contraddizione e l'assurdo sono posti in luce da questo fatto normale, fondamentalmente istintivo, piacevole, «innocente», in cui nessuno si sogna di scorgerli: il mangiare.

Né si creda che tale assurdo, nell'aspetto con cui fu ora formulato, possa venir eliminato (almeno da parte dell'uomo) col vegetarianismo, che pure alcune sette religiose o mistiche caldeggiano per questo fine.

Tu vuoi nutrirti in modo da non distruggere nessun essere vivente, e perciò hai arato o vangato il tuo campo dove farai crescere i vegetali che soli formano il tuo cibo. Ecco il tuo campo ben ripulito e lavorato, tutto nero di buona terra smossa. Tu lo guardi soddisfatto. «Com'è in ordine!». Ma codesto che è ordine per te e per i tuoi occhi, veduto con gli occhi dell'Altro, o forse con gli occhi del Tutto, è catastrofe, rovina, caos. Per mettere il tuo campo nell'ordine necessario a farvi crescere i vegetali di cui soltanto ti nutri onde non offendere nessuna vita, hai dovuto distruggere un'infinità di vite; passare senza accorgertene, come un flagello devastatore ben più terribile di quello di Attila, su case e città, con faticosa diligenza costrutte da innumeri colonie di insetti; fare il deserto e il cimitero dove la vita varia, operosa, intensa, fioriva, pulsava, traboccava tutto all'intorno. Il campo che hai arato per nutrirti in modo da non ledere esseri viventi, è il deserto e il cimitero. – «Le jaïnisme se voit aussi contraint de réprouver l'agriculture, parce que le sol ne peut être labouré sans qu'il en résulte blessure et souffrance pour les êtres que l'habitent». Ma, prosegue ad osservare giustamente A. Schweitzer, questa etica del nonuccidere è dunque irrealizzabile. «La pensée indienne ne se rend pas compte de cette impossibilité. Elle persiste dans l'illusion que quiconque prend au sérieux le commandement de l'ahimsā peut parvenir à le remplir rigoureusement. Les jaïnistes passent devant ce grand problème sans y prêter attention».

Ma non basta. Le piante, tra le quali e gli animali non v'è nessuna differenza essenziale, vivono e sentono, soffrono, «e se non sempre manifestano con qualche reazione la loro sensibilità... ciò è dovuto al fatto che saldate al suolo e impacciate come sono, non possono farlo, come non potrebbe farlo un uomo legato ad un palo, con la bocca tappata e colle palpebre cucite». È solo un pregiudizio antropomorfico che ci vincola ineluttabilmente all'intuizione che per sentire occorrano occhi, orecchi, naso, mani, sistema nervoso, che questi siano l'unico possibile tramite di sensazione, che non si possano dare forme e mezzi di sensazioni incomparabilmente diversi da quelli e quindi da noi non concepiti e non avvertiti. Ma certamente le piante sentono (come probabilmente sente ogni dolore la coscienza di chi subisce un'operazione in istato di anestesia, sebbene il corpo non possa dare i segni abituali del dolore, o sebbene la coscienza in cui il dolore si presenta non sia quella che poi è sveglia e concatena i ricordi). Il precetto, perciò, con cui per esempio il buddhismo pensava di superare quell'assurdo, pure da esso colto con tanta profondità, il precetto che ingiungeva non solo al monaco ma anche al credente laico: «non uccida alcun essere vivente né lo lasci uccidere, e se altri vuole ucciderlo non lo permetta», tale precetto è fondato unicamente sul fatto non solo di non vedere uccisione se non in quella di animali grandi, ben percepibili, che cadono grossolanamente sotto i sensi, ma altresì sul fatto di non aver saputo ancora nettamente scorgere che la pianta stessa è un essere vivente, che sente, che soffre. «Un tempo» scrive Campanella degli abitanti della sua Città del Sole «non volevano uccidere gli animali, sembrando azione barbara, ma considerando essere pure crudeltà lo spegnere erbe che godono d'un senso e d'una vita propria, onde non morissero di fame, conchiusero»... Una volta, infatti, avvertito che anche la pianta vive, sente, soffre, per sottrarsi ad essere uno stromento di quell'assurdo, non rimarrebbe che lasciarsi morire di fame. Questo però è uccidere la vita in se stessi. O uccidere la vita in sé, o ucciderla in altri; l'alternativa è senza via d'uscita. E la vita (la realtà) è dunque ineluttabilmente e senza nessun rimedio introducibile da parte dell'attività morale umana, imprigionata nell'assurdo di doversi uccidere per esistere, togliersi per porsi, ridursi al nonessere per rimanere nell'essere.

Qui si potrebbe muovere un'obbiezione. Il parlare di irrazionalità suppone la razionalità. Bisogna posare il piede su di una base o su di un terreno di razionalità, per potere, da esso, giudicare qualcosa come irrazionale. Così, o si posa il piede sulla base della razionalità della realtà (naturale e sociale) di qui giudicando irrazionale la mente che se ne distacca, o si posa il piede sulla base della razionalità della mente, di qui giudicando irrazionale la realtà che non vi quadra. Ma se tutto è irrazionale, non c'è più il pinnacolo o l'osservatorio da cui checchessia possa essere giudicato irrazionale.

In verità, si scorge che base o terreno di razionalità su cui posar sicuramente il piede e prender le mosse pel giudizio non c'è. Non la realtà, ché ad ogni momento siamo costretti a convenire che essa, una qualche realtà sociale o del costume ad esempio, è assurda, ed è nel giusto la mente che se ne distacca e la condanna. Non la mente, ché ad ogni momento siamo costretti a convenire che il suo distaccarsi da questa o quella realtà naturale o sociale e l'insorgere contro di essa, è eccentricità, aberrazione, pazzia. Né la realtà, dunque, né la mente ci offre con costanza e sicurezza il metro della razionalità, la base o terreno sicuramente fissato come quello della razionalità, su cui posare i piedi pel giudizio. – O, in altre parole. La realtà risulta irrazionale alla mente: e la stessa mente (non foss'altro, con le divergenze e le contraddizioni che attestano che essa non inerisce al punto centrico inesteso della ragione) risulta irrazionale a se medesima.

Senonché ora: questo stesso non esserci punto d'appoggio o di partenza di razionalità per giudicare da esso della razionalità o irrazionalità di checchessia – questo fatto che ci riporta alla posizione precedente, ma allargata, che cioè la categoria razionaleirrazionale non trova alcun campo d'applicazione – questo fatto, che altro significa se non appunto l'estremo dell'irrazionalismo, l'irrazionalismo assoluto?

Ma da tutto questo discende anche che ciò che ha generato l'irrazionale è stata appunto la presenza della «ragione». – Balena talora l'impressione che la svolta mortalmente nefasta dell'evoluzione sia stata il momento in cui un'improvvisa e causale alterazione cellulare nei centri nervosi d'un pitecoide (secondo l'ipotesi affacciata recentemente da qualche naturalista, e che mi par la più probabile), produsse in quella specie un individuo anomalo, «degenerato» rispetto al tipo della specie stessa, un individuo che l'alterazione, la dislocazione, la «degenerazione» cerebrale in lui avvenuta dotava del potere di ragionare. Da questo momento, e proprio col sorgere del potere di ragionare, la natura è diventata irrazionale (incomprensibile, cattiva, crudele); e, come si vide, al giudizio ed al lume dello stesso potere di ragionare, irrazionale è diventata persino la mente che lo contiene. È la realtà col sorgere della ragione diventata irrazionale, cattiva, crudele, appunto perché questi aggettivi «modi cogitandi sunt», «notiones quas fingere solemus», valutazioni che non esisterebbero nella realtà lasciata a sé, ma esistono nella realtà fusa con noi, che non esisterebbero in una realtà che semplicemente fosse e vengono ad esistere in una realtà che, invece, oltre che semplicemente essere, è conosciuta e pensata. Posso applicare nel mio senso le parole di Schopenhauer: «Finché noi ci comportiamo puramente percependo (intuendo, anschauend) tutto è chiaro, fermo, sicuro. Non ci sono né questioni, né dubbi, né errori: non si vuole né si può niente di più, si possiede la quiete nella percezione (Anschauen), la contentezza nel presente... Ma con la conoscenza astratta, con la ragione, è penetrato nel campo teoretico il dubbio e l'errore, nel campo pratico la preoccupazione e il pentimento». Finché l'evoluzione era giunta allo stadio dell'animalità (allo stadio della natura sentita e non pensata) tutto andava perfettamente bene. Per l'animale, unito d'un'intimità immediata con la natura, per l'animale che non fa se non ciò che soltanto il vivente come tale deve fare, vivere cioè, mangiare, amare, giuocare, dormire, per l'animale tutto va bene; non vi sono cose incomprensibili, non vi è morte (perché l'animale non sa di morire), la natura non è né irrazionale, né cattiva, né ingiusta, poiché anche il dolore che l'animale soffre non è nulla più che un fatto, una cosa che è, non già altresì una cosa che non dovrebbe essere, vale a dire lumeggiata in questo senso da una valutazione mentale. Per l'animale tutto va bene, e non esiste l'irrazionalità, la crudeltà, l'ingiustizia, l'imperfezione delle cose, precisamente come e perché tutto va bene e non esiste nulla di ciò rispetto alle cose stesse, ai pianeti, ai soli, alle nebulose, ai minerali, alle erbe, alle acque, rispetto alle cose nel loro puro e semplice e quasi a dire cieco essere, al di fuori del loro venir conosciute e valutate. Ma quando, in seguito all'accidentale deformazione cerebrale prodotta improvvisamente in una specie affine alla scimmia sorse il potere di ragionare e si formò la spiritualità; quando con ciò si ebbero viventi che con la sola esistenza della loro ragione commisero l'enorme pazzia di non essere più semplice natura, ma di separarsi dalla cieca immediatezza della vita naturale e in questo senso di opporsi alla natura; quando così si compì, secondo la profonda interpretazione di Leopardi, quell'alzarsi della ragione sopra l'istinto che è ciò che la Bibbia adombra con la leggenda del peccato originale, il quale «non consiste in altro che nella ragione»; quando ciò accadde, tosto, come al tocco della verga magica d'un incantatore malefico, si sollevò dal fondo della natura, sinora indifferente e tranquilla perché non faceva che essere senza vedersi essere, il nembo delle contraddizioni, degli assurdi, delle incomprensibilità, del male, del peccato, delle ingiustizie e crudeltà naturali, nonché dei problemi eterni ed eternamente tormentosi di indole spirituale e sociale. Perfettamente al contrario degli idealisti che fanno consistere (con ridicolo antropomorfismo) nello spirito il pregio della realtà ed in questa dell'uomo che ne è il veicolo, bisogna, in conformità alla potente intuizione leopardiana, «considerar come corruttrice dell'uomo la ragione», cioè ravvisare ragione e spirito come una funesta deviazione dalla natura, quella deviazione che veramente creò tutto il male e l'assurdo, poiché prima non v'erano che cose, che fatti, che essere, e non già anche insito in quelle per sé la qualifica o valutazione «male» ed «assurdo». È stata dunque proprio la «ragione» – cioè questo scarto dalla natura e dalla immedesimezza con essa, compiuto da un impercettibilmente piccolo nucleo di viventi, che pretese così, esso, particula menoma della natura universa, di sollevarsi sopra e fuori di questa e dal di sopra vederla, conoscerla, giudicarla – che costituì la pazzia. E perciò, altresì, ogni intensificazione, accentuazione, elevazione della spiritualità non fa che peggiorare la situazione ed accrescere il male e l'assurdo, com'è ovvio, posto che è essa che li ha creati; e conviene, se mai, all'incontro, sopirla, smorzarla, rituffarla più che sia possibile nell'indifferente sonno inconscio della natura, degli istinti, dell'animalità (è ciò che, empiricamente, si ammette quando si constata che le costruzioni politiche e sociali complesse, le civiltà progredite, finiscono per non poter reggere e per dover dissolversi in forme economiche primitive, nell'insieme più felici, o che la vita umana più invidiabile è quella d'un contadino analfabeta che non sa né di vivere né di morire e coltiva il suo campo). Ciò che di meglio avrebbe da far l'uomo, se potesse, sarebbe di eliminare quello scarto, quella deviazione dalla natura, che fu la ragione o lo spirito, e ridiventare animale. Tutto il male, l'assurdo, le difficoltà, i problemi, sparirebbero una nuova volta in quello stesso nulla in cui erano prima del sorgere della ragione, e, ritornato alla pura animalità (cioè, secondo la grande interpretazione leopardiana, alla condizione in cui era nel paradiso terrestre), l'uomo, avendo così in sé non il puro Essere, bensì l'Essere sentito, ma solamente sentito, congiungendo all'Essere soltanto il sentirsi essere, recherebbe in sé la piena e giusta sufficienza di sé, che ha travalicato ed infranto quando ha in sé congiunto all'Essere sentito l'Essere pensato. Occorrerebbe, cioè, la magia di Circe. E il fatto che coloro i quali prendendo le mosse da tale mito, e immaginando dialoghi di Ulisse coi suoi compagni resi animali, ci abbiano rappresentati questi come quasi sempre assolutamente alieni dal voler riemergere fuori dal tranquillo fondo uniforme dell'animalità e della natura, contento dell'immediatamente vissuto, per tornar a passare nell'inquieto distacco umano dalla natura stessa; questo fatto è significante, e mostra quanto largamente la tesi qui accennata sia, anche senza espressa formulazione, condivisa. Essa è altresì, in sostanza (come si disse) la tesi che sta in fondo alle filosofie degli Stoici, di Spinoza, di Hegel. Guardate da un certo punto di vista, queste filosofie sono lo sforzo per ritornare alla visuale della natura pura, in quanto puramente è, non fa che essere, dell'animalità pura, per condurre la mente umana a vedere con la ragione le cose come le sente l'animalità, come sono nel loro puro e semplice essere non soggettivamente (razionalmente; secondo la ragione umana) valutato; sono lo sforzo per far vedere, considerare e accettare le cose in quanto non altro che essenti, e non già essenti in questo o quel tale altro modo che noi diciamo buono o cattivo; per persuadere che le cose non sono se non essenti, non fanno che essere, e in questo essere semplicemente essenti si esaurisce ogni loro dover essere. Forse, dunque, poiché, come ho detto, questa appunto è la visuale dell'animalità; poiché cioè per l'animale gli oggetti naturali che gli servono o lo ostacolano, il suo piacere e il suo dolore, sono semplicemente cose che sono, su cui egli non eleva una valutazione mentale propria di approvazione o disapprovazione, non innalza il lume d'un giudizio suo di bene o di male, non proietta la luce d'una sua categoria di dover essere o dover non essere (lontano, così, da ogni sorta di quell'Aufklärung tanto antipatica a Hegel); bensì sono cose che per lui non fanno che essere, che consistono interamente e unicamente nell'essere essenti e di cui l'essere essenti è l'unico significato, cose, insomma, che egli non fa che constatare e accettare come essenti; così le filosofie nominate, ed in particolare quella di Hegel, nella sua reiezione dell'Aufklärung, cioè della ragione umana, si potrebbero definire – in quanto costituiscono la reimmersione nella pura natura, nelle cose constatate come puramente essenti e come esaurienti in ciò loro dover essere – una forma veramente superiore della magia di Circe o del «s'abêtir» pascaliano.

Ma, per ritornare in cammino: l'impressione che il sempre maggiore rilievo preso ai miei occhi dal fatto delle contraddizioni ha finito per suscitarmi, si può riassumere nel dilemma: o completa unità e identità delle menti, o inesistenza della ragione (s'intende, non come potere di ragionare, ma come la ragione una, che coglie e sta nel centro del bersaglio del vero). Manca l'unità delle menti, dunque non rimane che l'inesistenza della ragione. Il formarsi del potere di ragionare non è stato punto il formarsi della ragione nel senso ora detto, che sola avrebbe a quello dato una giustificazione ed un senso.

Il dilemma ora posto è, si badi, lo stesso che sta in fondo alla dottrina cattolica ed a tutte le «filosofie assolutiste», compresi i vari idealismi e tra questi quello odierno. Esse dicono: o con noi (cioè o unità nel punto centrico della ragione = noi), o fuori della ragione. Ma le cose si incaricano di risolvere il dilemma nel senso contrario a quello che è nell'intenzione di quei pensatori. Poiché, infatti, gli altri continuano a rifiutare di unirsi in quel centro di ragione, in quel noi; poiché, anzi, facendo perno in un altro centro come centro della ragione, in un altro noi, nel loro, dichiarano che appunto quei primi, se non si uniscono in questo centro, in questo noi, sono coloro che si trovano fuori della ragione; così è proprio nel senso del secondo corno, nel senso del «fuori della ragione» per tutti, nel senso dell'inesistenza della ragione, che il dilemma resta di fatto risolto.

V

IL SIGNIFICATO DELLA STORIA

Ho detto che la storia è la serie o il sistema delle contraddizioni. Ma, considerandola attentamente, essa ci si rivela sotto un aspetto alquanto più preciso. – Perché, non solo la Firenze medioevale, ma tutta l'umanità dai suoi primordi, ha continuamente mutato e rimutato, legge, ufficio, costume? Che bisogno c'era e c'è di questo cambiare? Quale è il perché di questo bisogno di cambiare? Perché, insomma, c'è storia, ossia cambiamento? – Questo, il secondo dei due fatti, elementari, familiari, che io vedo sotto una luce sempre più singolare e nuova, luce in cui essi mi si illuminano d'un significato decisivo.

La filosofia che fa professione di presentare le cose mascherate, dice: la storia è il processo della vita dello spirito, processo che dev'essere eterno, altrimenti la vita stessa dello spirito si arenerebbe nell'immobilità ossia nella morte, e che perciò dev'essere senza fine e meta; ma processo in cui incessantemente lo spirito dispiega tutte le sue virtualità, sprigiona l'infinita novità delle sue creazioni, e posa ad ogni presente sempre nel vero e nel bene, anzi in un eterno meglio e più vero; processo che è dunque teofania, vita di Dio, o piuttosto lo stesso Dio.

Quale si rivela essere, con ciò, la vera anima di tale filosofia, che ai superficiali appare così profonda? – Uno sguardo riflessivo e maturo dato alla vita, mostra che questa è sostanziata essenzialmente e ad ogni suo minuto di dolore e di male (δεινὸς ὁ βίος): dalla morte che vediamo far strage tra i nostri cari e fra poco colpirà noi pure, agli urti e ai contrasti coi nemici, alle contraddizioni e ai dissensi con le persone che vogliamo amare, alle ingiustizie ed amarezze di cui facciamo così larga messe lungo il corso della nostra carriera mortale e che si inscrivono indelebilmente sul viso d'ogni uomo di età avanzata («Rivedendo in capo di qualche anno una persona ch'io avessi conosciuta giovane, sempre alla prima giunta mi è paruto vedere uno che avesse sofferto qualche grande sventura»). La sensibilità umana è veramente nient'altro che una lente di concentrazione dei raggi del dolore, o una pila generatrice di dolore. E l'uomo che ha esperimentato ciò nella sua propria vita, scorge ad un tratto, e quasi con stupore, quasi facendo allora la scoperta che è sempre la stessa cosa, l'identico dolore ritessere la trama nella vita dei figli, dalla bambola che si rompe, trapassa, alle prime contrarietà subite nel mondo, agli ostacoli, alle spine, alle delusioni, che egli vede cominciare e continuar sempre più a turbare e a molestare, senza che egli possa impedirlo, anche coloro cui, appunto perché egli tutto ciò ha conosciuto, vorrebbe che ciò fosse risparmiato. Così invano l'uomo maturo che ha visto definitivamente che cos'è la vita, guardando i suoi figli pensa: «questo non lo dirò loro per non funestarli»; ché dopo breve tempo anch'essi scorgono la medesima cosa. Allora egli ode veramente lo scroscio perpetuo del torrente di dolore che accompagna la vita dell'umanità. E quando osservando il nostro affezionato animale domestico, il nostro cane o il nostro gatto, ci accorgiamo che le sue eleganti e agili movenze sono svanite, che esso è anchilosato, frusto, prossimo a diventar cieco; quando vediamo così, senza, anche qui, che noi ci possiamo far nulla, calare su di lui la stessa ombra che abbiam visto calare sul nostro padre o sul nostro avo; allora abbiamo l'intuizione viva che lo stesso scroscio del torrente di dolore accompagna perpetuamente tutta la natura senziente. «Se tutti i monti fossero libri e tutti i mari inchiostro e tutti gli alberi penne, ciò non basterebbe ancora per descrivere tutto il dolore» pensava Jakob Boehme. E con grandiosità veramente epica esprime la perfetta verità al riguardo il testo buddhistico che si dirige, più che soltanto ai monaci, a tutti gli uomini, così: «Che cosa è più, l'acqua nei quattro grandi oceani o le lagrime da voi fluite e versate, mentre voi per questo lungo cammino errate e girate e v'affliggete e piangete, perché vi tocca ciò che odiate e non vi tocca ciò che amate? Durante lunghi tempi avete subito la morte della madre, la morte del padre, la morte del fratello, la morte della sorella, la morte del figlio, la morte della figlia, la perdita dei parenti, la perdita degli averi. E mentre subivate ciò durante lunghi tempi, furono più le lagrime da voi fluite e versate che l'acqua nei quattro grandi oceani». Così, alla madre che piange la morte della figlia e la chiama: «Jiva! Jiva!», la grave parola buddhista rivolge il richiamo: «Ottantaquattromila fanciulle, che tutte si chiamavano Jiva, sono state cremate qui; quale dunque fra queste è quella che tu piangi?». – Forse, l'oscuro avvertire che da ultimo l'anima umana fa di questo assoluto predominio del dolore, è ciò che ha finito per dare con l'epoca moderna la grande prevalenza alla musica sulle altre arti: ché la musica, anche quando non sia di proposito dolorosa, è sempre, e rievoca nelle coscienze in cui veramente penetra, come un ineffabile e misterioso rimpianto per alcunché di mancato, di irraggiunto, di perduto per sempre, e che pure ci dovrebbe essere, e quasi mediante un lento rimescolio del profondo, per solito lasciato tranquillo, fa salire alla superficie, appannandola, in nube ciò che giace colà deposto, il senso dell'eterno malcontento, dolore, rimorso per tutto ciò che eternamente è non fatto, mancato, irraggiunto, perduto. Come si spiegherebbe che in alcuni animali (per esempio i cani), i quali gemono con espressione d'infinita profondissima sofferenza morale nell'udire la musica, questa rechi sempre alla luce una così netta ripercussione di dolore, se essa non fosse già essenzialmente in sé quasi la quintessenza delle lacrimae rerum, e non ne risvegliasse l'eco nei viventi in cui penetra?

Ora, se all'uomo comune, che vive la sua vita d'ogni giorno senza pensare ad altro, e va avanti in essa con la testa nel sacco, voi additate i fatti per cui la vita è essenzialmente dolore, egli vi risponde: è vero; ma che sciocchezza! non bisogna pensarci; non bisogna fissare l'attenzione su idee così nere; questa è ipocondria. Cioè stornar gli occhi dalla realtà, non pensarci, è l'unico mezzo di conforto che resti all'uomo.

Aiutar l'uomo a «non pensarci», a stornare gli occhi dalla realtà, è l'anima di quella filosofia per cui la storia o il processo è luminosa estrinsecazione dell'assoluto e del divino. È, dunque, in fondo, nient'altro che l'anima del grossolano gaudente, che vuole ad ogni costo chiudere occhi e cuore alle afflizioni, alle sofferenze, alle angustie della gente, perché la sua allegria non sia turbata; che vuole in prima linea e ad ogni prezzo conservare il suo buon umore. È l'anima del «carpe diem», quella di chi vive tutto nel momento presente, inteso a goderselo. L'anima di chi non vuol saperne di seccarsi con l'idea della morte e del dolore, ne scaccia da sé il pensiero e il ricordo, e fissa questi unicamente sulle occasioni di tripudio. Male, morte, dolore, sono, per questa filosofia, cose effimere, secondarie, subordinate, anzi inesistenti. Non vanno guardate; va guardata solo la bella vita, la vita gioconda, la vita rosea, l'esuberanza, l'intensità, il gaudio, il ballo tondo, e in ciò solo sta la verità e la realtà; il resto non è che piccola ombra inconsistente, cosa trascurabile. È, insomma, l'anima di chi alza le spalle dinanzi alla gente che muore perché tanto ne nascerà dell'altra. Della piatta alterazione ottimistica della realtà che questa filosofia in tal guisa compie, è spiccata espressione e simbolo perspicuo l'altrettanto piatta falsificazione che essa fa del Leopardi. Questi è appunto l'immortale potentissima chiarificazione della realtà come essenzialmente male, dolore, morte. Ma no; che la più grande figura della letteratura italiana sia quella d'un pessimista e d'uno scettico non può, non deve darsi; come la realtà dev'essere a tutta forza allegria, così nemmeno Leopardi può essere pessimismo e scetticismo definitivo. Sbagliano quelli che così lo qualificano, sbaglia lui a pensare di sé così. Egli, invece, è felice nella perfetta soddisfazione di dare espressione artistica appunto al pessimismo; e con un paziente giuocar a dama coi suoi pensieri e scritti si dimostra che egli ha infine «ricostruito».

Qui si noti che la concezione del processo come realizzante in sé l'assoluto, il divino, la perfezione, e quindi come pienamente appagante, questa concezione tipica dell'idealismo tedesco, è, in un suo tratto essenziale, anche quella di Nietzsche nella fase di Zarathustra. Questi non sta, come si volle, in opposizione a quell'idealismo, ma si trova invece esattamente sulla stessa linea di esso, anzi ne è il pieno coronamento (quantunque, insieme, la piena smascheratura); e lo avverte tosto chi sappia già solo scorgere come la concezione più clamorosa di Nietzsche, l'«immoralismo», non sia altro se non quel formalismo morale, cioè quella reiezione dall'etica d'ogni contenuto o materia fissa e perenne, introdotto da Kant e proseguito dai suoi successori. Egli è, in particolare, il coronamento e la smascheratura di quella direzione del pensiero filosofico tedesco che pone la vera realtà nel «processo», e specialmente in quanto rappresentata da Fichte. Già nel campo morale, Nietzsche non è che la trascrizione in chiave di maggiore lirismo della filosofia di Fichte. Nient'altro che fichtismo morale è la sentenza che «Gutes und Böses, das unvergänglich wäre – das giebt es nicht! Aus sich selber muss es sich immer wieder überwinden». Cioè, come tutto il capitolo illustra, non c'è un fatto, un oggetto, un contenuto concreto che possa essere perennemente designato come il bene (morale materiale), ma la volontà che afferma la sua potenza superando continuamente se stessa, questo è il bene. Il bene è nella volontà, nel volere continuamente, nella volontà sempre tesa ed attiva, che non si affloscia mai, che realizza sempre un meglio di quanto ha già realizzato. «Thut immerhin, was ihr wollt – aber seid erst Solche, die wollen können!». Tale concetto, che Nietzsche liricizza, con forza maggiore che mai nel luogo ora indicato, è pretto fichtismo. Interamente fichtiana è pure la sua concezione (negazione) di Dio. Quando egli dice che Dio, l'«Essere», non può esserci, perché allora, essendovi nella realtà l'Essere sommo, la sommità dell'Essere, tutto sarebbe già fatto, nulla rimarrebbe da fare («was wäre denn zu schaffen, wenn Götter – da wären!»), mentre l'essenza della volontà, ossia dell'uomo, sta appunto nel fare, far divenire, divenire – egli esprime appunto il pensiero centrale del fichtismo. Quando egli dice che lo spirito è la vita che fa male a se stessa, è un animale da sacrificio, perché il suo progresso, ogni sua nuova conoscenza, è pagata al prezzo del sacrificio di una vecchia, amata e consuetudinaria, quindi lo spirito cresce in quanto si sacrifica («des Geistes Glück ist diess: gesalbt zu sein und durch Thränen geweiht zum Opferthier»); egli formula poeticamente l'idea della «negatività», elemento necessario e propulsore del processo, propria dello hegelianismo, e quella, più particolare dell'«attualismo», del processo eterno da verità inferiore a verità superiore con la conseguente perpetua permanenza e presenza dello spirito nel «vero», perché il falso, quando divien tale, divien anche passato. In generale, la dottrina idealistica dell'eterno processo come unica realtà, trova il suo pieno e perfetto simbolo nella concezione del superuomo, in quella cioè che ogni generazione o fase di spirito non ha alcun valore in sé, ma solo per la nuova fase che genererà, e che ogni generazione o fase non è che un ponte, una «corda tesa», tra ciò che ci fu prima e ciò che ci sarà poi – il suo perfetto simbolo e insieme la piena messa in luce del carattere di assurdo che essa imprime alla realtà e alla vita.

Giacché se Nietzsche è il coronamento della direzione idealistica del pensiero tedesco, ne è anche la smascheratura. Egli, sebbene abbia comune con Fichte la concezione che il «fare» è tutto e l'«Essere» non c'è, non mantiene equivocamente, come Fichte, a quel «fare» o divenire senza Essere, il nome di Dio, ma accentua espressamente che tale concezione è la negazione di Dio, che essa è assoluto ateismo, che essa vuol dire caso, assenza di fine, assenza di eterna volontà che diriga il processo. E quando egli ripete nient'altro che quel che gli idealisti tedeschi avevano detto da Kant in poi, cioè che il contenuto della morale è continuamente mutevole, che continuamente una nuova morale (nuove tavole di valori) sostituisce l'antica, egli non pallia questa concezione col nome di «assolutezza della morale», assolutezza riposta nella mera forma, nel fatto che esiste sempre una morale, ma la chiama come va chiamata: immoralismo, ossia inesistenza della morale (assoluta).

Ciò non ostante, Nietzsche si trova in accordo con gli idealisti, contro l'intuizione svolta in queste pagine, per ciò che riguarda la valutazione del processo. Se, riducendo la realtà al divenire, nega ad essa l'esteriore etichetta di «assoluto», di «divino», che gli idealisti amano appiccicarvi, vi conserva il carattere di appagante, il carattere d'alcunché che è bene che ci sia, a cui egli dice di sì (sebbene talvolta riconosca: «immer ja sagen – das lernte allein der Esel, und wer seines Geistes istl»), quindi, in fondo, il carattere razionale. Nietzsche, se è l'idealismo senza la mascheratura di Dio e dell'assoluto, continua ad aver comuni con quello i concetti dell'ottimismo e del progresso. Corregge l'idealismo riguardo al primo punto, resta aderente ad esso riguardo al secondo. Riconosce la nonassolutezza, restaura il Caso invece del Logos sul trono del mondo, ma tien fermo al carattere consolante del processo. In questa sua direzione, non coerente con quella, la dottrina di Nietzsche si riduce, se si guarda bene, alla volgare teoria del progresso. L'uomo è qualcosa che dev'essere superato; cioè ogni stadio d'umanità deve trapassare ed evolversi in uno stadio superiore. Superuomo vale: continuo superamento del momento umano attuale, formazione di un'umanità continuamente superiore (il «nobile» è colui che non si sente come il punto d'arrivo d'un passato, ma come punto di passaggio, veicolo, ponte, «bis es ihm Brücke würde»); cioè appunto, in parole povere, il solito progresso. Quindi, la solita condanna per chi dice che non c'è nulla da fare, che non si può se non lasciare che il mondo vada come vuole, e invece la suggestione che bisogna operare, migliorare il mondo, farlo progredire. Quindi la solita affermazione che nulla importa la sofferenza degli individui purché il progresso ci sia. Quindi l'ancor più comune tentativo di trovare un senso del mondo nel compito di lavorare a fare i figli migliori di noi, cioè di lavorare per la generazione ventura, pensiero questo che colloca il senso del mondo nell'assurdo che la generazione a vale per la successiva b, ma questa alla sua volta non vale per sé bensì per la successiva c, e questa solo per l'ancor successiva d, senza che in nessuna risieda quel valore per sé stante, conclusivo e finale che solo darebbe qualche carattere di ragionevolezza e appagamento a tale concezione.

Ora, nulla v'è di più risibile ed urtante del concepire sia come corso divino, come vita di Dio, sia come soltanto pienamente appagante e razionale spiegazione della realtà, un corso senza fine e meta, cioè senza scopo, cioè, in tale assenza di scopo, marcato di quello che è il marchio tipico dell'assurdo; un corso che, nella sua necessaria assenza di raggiungimento (necessaria, perché, se raggiungimento vi fosse, questo solo sarebbe importante e il corso perderebbe ogni significato), è la riproduzione esatta di ciò in cui gli antichi, viceversa, scorgevano giustamente il maggior tormento infernale, il lavoro vanamente rinnovato e ripreso da capo, il lavoro delle Danaidi, di Tantalo, di Sisifo, di Issione; un corso, proprio la constatazione del quale, come essenzialmente costituito di cose che nascono e periscono, come rivelante la verità che

Was irgend auch entstanden ist

Muss alles wieder untergehen,

come definito nella domandarisposta quasi catechistica: «ciò che è transeunte è doloroso o piacevole? – doloroso, signore» offriva, invece, per il profondo pensiero buddhistico il motivo della sua rinnegazione, l'aspirazione al suo annientamento, il fondamento della fuga dal mondo e dall'Essere, del pessimismo. «"Tutti gli elementi dell'esistenza sono transitori", chi ciò ha visto e riconosciuto, si disgusta dei dolori dell'esistenza: questo è il sentiero della purità». Un corso in cui l'oggi ha significato solo per domani, e questo, quando è oggi, solo ancora per domani, e quindi ogni presente pel poi, e perciò ogni presente, ossia il presente, che è l'unica realtà vitale, non ha mai nessun significato; un corso, la cui interpretazione come vita divina (che Nietzsche, almeno, respinge, ma che invece celebrano, come il loro rito più specialmente solenne, fichtiani, hegeliani o idealisti «attuali») non è dunque che il tentativo di elevare a dottamente speculativa filosofia religiosa, la banale spiritosaggine che si legge ancora sopra qualche banco di drogheria di villaggio: «oggi non si fa credenza, domani sì».

Nessun uomo che pensi, non per cincischiarsi a mettere insieme sistemi dal taglio corretto ed elegante, come un sarto principe fa coi vestiti, ma perché pulsa in lui il bisogno genuino, ardente e profondo di sforzarsi di vedere nel cuore del reale, può appagarsi d'una interpretazione come questa, lustra di mere parole. E continuerà di fronte ad essa a ridomandarsi: ma perché, dunque, c'è storia? perché c'è cambiamento?

E la risposta è ovvia. Per la ragione diametralmente opposta al fatto che la filosofia suaccennata pretende costituisca l'essenza della storia. Non è già, cioè, che il corso o il processo sia tale che in ogni momento di esso lo spirito si trovi nel vero e nel bene, in ogni presente adunque in un eterno più vero e meglio: giacché, se lo spirito si sentisse nel vero e nel bene, vi dimorerebbe, e il processo, ossia la storia, si arresterebbe. C'è storia, viceversa, la storia si spiega soltanto, perché, così l'umanità, come l'individuo, in ogni presente avverte di essere nell'assurdo, nel falso e nel male, e vuole uscirne.

Nam gaudere novis rebus debere videtur,

Cui veteres obsunt.

Lucrezio, V, 17172

C'è storia, dunque, perché ogni presente, ossia la realtà, è sempre falsa, assurda e cattiva, e perciò si vuol venirne fuori, passare ad altro, quel passare ad altro in cui, unicamente, la storia consiste. Non perché lo spirito è sempre nel vero, ma perché è sempre nel falso, perché cioè avverte che ogni presente sua spiegazione delle cose è sbagliata ed è perciò inappagante, procede a cercarne un'altra, cioè c'è storia della filosofia e storia della scienza. Non perché lo spirito è sempre nel bene, ma perché è sempre nel male, perché cioè ogni presente suo principio, pratica, costume, istituzione, è deficiente, fallace, condannevole, procede a foggiarne altre, ossia c'è storia della morale, del costume, della politica, storia in generale. La storia non è che un continuo voler uscire dal presente e uscirne di fatto; mosso da ciò che il presente (la realtà) è sempre male. C'è storia perché di fronte all'assurdo e al male presente balena innanzi agli uomini nell'avvenire un razionale ed un bene che vogliono rendere presente. Ma, appena reso presente, esso diventa ancora assurdo e male di fronte a un nuovo razionale e bene che sta ancora davanti, nell'avvenire.

La razionalità e il bene stanno sempre davanti, sempre nell'avvenire, come il mazzetto di fieno attaccato al timone davanti alla bocca del cavallo che questo trasporta sempre più in là con la sua stessa corsa. Sono sempre un «dover essere» che non diventa mai un «essere». Poiché, quando sono, quando da semplice «dover essere» acquistano la qualità di «essere», istantaneamente nell'acquistare la qualità «essere» perdono quella «razionalità» e «bene». Facendosi realtà e presente diventano assurdo e male, tanto è vero che si vuole ancora uscirne, si vuole ancora passare ad altro, cioè prosegue la storia. La verità meridiana e tangibile, contrariamente alla celebre sentenza hegeliana, è che il reale è irrazionale (tanto è vero che malcontenta e si disapprova, cosicché sempre si vuol cambiarlo, ossia c'è storia), e il razionale è irreale (perché è sempre oltre il presente, cioè fuori della realtà, cioè nel futuro). Come si può non vedere una cosa così palmare, che cioè la storia dell'umanità ha proprio soltanto la medesima ragione che scorgeva Dante come l'unica ragione del cambiare, ossia della storia, della sua Firenze, vale a dire lo sforzo di schermire, dando volta, il dolore, il male, l'assurdo, il continuo giacere nel quale d'ogni presente, ossia della realtà, è provato appunto dall'eternità del dar volta, cioè della storia?

Aristotele ha una sentenza veramente profonda, che, se ci si pensa, racchiude in nuce ciò che qui sostengo e ne è la mirabile conferma. Il cambiamento (egli dice) è la cosa più dolce, in forza di qualche nostro cattivo stato; perciò l'uomo facile a cambiare è in cattivo stato, come lo è una natura che ha bisogno di cambiamento: essa non è pura e ben proporzionata; μεταβολὴ δὲ πάντων γλυκύ κατὰ τὸν ποιητήν (il poeta è Euripide, Oreste, 234), διὰ πονηρίαν τινά· ὥσπερ γὰρ ἄνθρωπος εὐετάβολος ὁ πονηρός, καὶ ἡ φύσις ἡ δεομένη μεταβολῆς· οὐ γὰρ ἁπλῆ οὐδ᾽ ἐπιεικής.

C'è storia, insomma, l'umanità corre nella storia, per la medesima ragione per cui corre un uomo che posa i piedi su di un sentiero cosparso di spine o di carboni ardenti. Perché ha bisogno di levare i piedi dalla sofferenza che il posarli gli dà, e, speri vagamente o no che portandosi più in là sfuggirà alla sofferenza, in ogni modo, poiché non può tenerli fermi nella sofferenza che in ciascun posarli è attuale, così corre di continuo.

La storia non è che questo. Lo sforzo, vano perché eterno, di fuggire dall'assurdo e dal male. Essa è dunque la riprova che quello che – posto che vana perché eterna è la fuga o lo sforzo di allontanarsi da esso, ossia la storia – rimane sempre presente, vale a dire la realtà, è sempre l'assurdo e il male. La storia non è che lo sforzo per allontanarsi dal presente, perché questo è sempre assurdo e male; la prova dunque che è assurdo e male. La storia conferma, perciò, il risultato a cui è approdata la precedente indagine circa le contraddizioni; com'è naturale poiché se quella indagine considerava le contraddizioni quasi a dire nella categoria dello spazio, cioè nella loro coesistenza contemporanea, la storia non è che le contraddizioni stesse nella categoria del tempo, cioè nella loro successione temporale. Conferma, così, la storia, quel risultato in pieno, anche per questo, che essa ci fa vedere come l'umanità, cambiando, cioè condannando sempre se stessa, accertando (quando ogni suo presente è diventato passato) di avere in quell'ogni suo presente – in ogni suo presente visto alla luce del presente di poi – ritenuto errori e superstizioni come verità, e mostruosità come fatti leciti o virtuosi; ci fa vedere, dico, come l'umanità con ciò dia di se stessa l'attestazione che la sua mente si è sempre trovata nella irrazionalità.

Si noti che tale attestazione della propria irrazionalità che dà la mente dell'umanità con la sua storia, la dà altresì di sé la mente d'ogni individuo, mediante la storia piccola o vita di lui. In questo caso, come in quello, la storia è la prova evidente che la mente è sempre irrazionale. Anche nella (storia) vita dell'individuo, infatti, la ragione continua a condannare se stessa, la mente ad accertare che è (stata) sempre nella stoltezza. Tutta la nostra vita individuale, considerata retrospettivamente, ci risulta seminata di azioni che ora vediamo non avremmo dovuto compiere e di idee che ora respingiamo. E considerata nel suo svolgersi all'innanzi ci si vien manifestando come l'impotenza della ragione di attuare in essa nostra vita se medesima, cioè come il divergere di infinite azioni che faremo dal proposito o piano dalla ragione precedentemente fissato, e ciò perché quella che era avvertita precedentemente come ragione viene soppiantata al momento dell'azione da una diversa, che in siffatto momento ci apparisce essere, essa soltanto, ragione, senza che, quando, come si dice, ritorniamo su noi stessi e vediamo ancora che la vera ragione era la prima, possiamo sentirci sicuri di ciò con una sicurezza che escluda tra poco o molto il ritorno dell'altra visuale. Tutta la nostra giornata, se la esaminiamo attentamente, è composta di piccole cose che la nostra stessa mente ha stabilito essere irrazionali e previamente deciso che per ciò non debbano aver luogo (la sigaretta fumata, il boccone di troppo, il libro di lettura amena o il giornale preso in mano invece di scrivere, la partita di chiacchiere troppo lunga e vivace). Ogni nostra giornata rappresenta una catena di atti minuti che (per usare il linguaggio idealistico) il vero io ricusa e rinnega ed ha già stabilito che sono irrazionali; la deviazione da ciò che esso ha scorto e deciso come razionale; la caduta costante nell'irrazionalità; il fuori di sé che trascina continuamente il sé. «Combien diversemente iugeons nous des choses!» scrive Montaigne, lungamente e acutamente insistendo su questa situazione. «Combien de fois changeons nous nos fantasies! Ce que ie tiens aujord'huy, et ce que ie croy, ie le tiens et le croy de toute ma croyance... mais ne m'est il pas advenu, non une fois, mais cent, mais mille, et tous les jours, d'avoir embrassé quelque autre chose, à tout ces mesmes instruments, en cette mesme condition, que depuis i' ay iugee faulse?». «Nous nous amendons par la privation de nostre raison et son assopissement... Cecy est plaisant à considerer: par la dislocation que les passions apportent à nostre raison, nous devenons vertueux». «L'humaine science ne se peult maintenir que par raison desraisonnable, folle et forcenee». Ogni nostra giornata è la prova che la ragione non può per sole ventiquattr'ore della nostra esistenza vivere secondo il suo ordine. Ma c'è forse, dunque, almeno la ragione in quella nostra mente, in quel nostro io, che ha scorto e stabilito o riscorgerà e ristabilirà, che tale catena d'azioni è irrazionale? Come accertarlo, se tale nostra mente, tale nostro io è, essa appunto, respinta via, quale ubbia, pedantismo, stoltezza, dall'altra, pur nostra, mente che compie le azioni da quella scorte come irrazionali? Se anzi quella, la mente che vuol tenerci nella «regola», nella «ragionevolezza», ci balena talvolta dinanzi come nient'altro che pusillanime amore del quieto vivere, codardia, mancanza del coraggio di affrontare conseguenze rischiose pur di strappare al destino la conquista d'un piacere raro o d'un vantaggio fuor del comune? Se, insomma, come diceva Carneade (poiché probabilmente questo pensiero è suo), con espressione che coglie proprio il centro decisivo della questione, appare a tutti chiaro che «quem ad modum ratione recte fiat sic ratione peccetur»? O se come, del tutto conformemente, diceva, ancora, Montaigne, «la raison va tousiours, et torte, et boiteuse, et deshanchee, et avecques le mensonge, comme avecques la verité»? Lotze (il cui oscillare circa tutti i massimi problemi tra il sì e il no, profondo e delicato, vago ed elegante ad un tempo, procura ad uno scettico un perfetto godimento estetico) ha, come spesso, una parola di scultoria esattezza circa questo mutarsi e inclinarsi nei sensi più opposti della nostra ragione. «Spannung und Abspannung wechseln auch hier wie in dem körperlichen Befinden und unsere Gedanke sind Festtags anders als Werktags». E un testo buddhistico suona press'a poco così. Anche l'uomo comune, che non ha inteso la dottrina, può distornarsi dal corpo e liberarsi dai desideri che vi si riferiscono, perché egli percepisce che esso cresce e decade. Ma invece l'uomo comune, che non ha inteso la dottrina, non riesce a distornarsi dal pensiero, dalla conoscenza, dallo spirito (dalla ragione) e liberarsi dai desideri che vi si riferiscono, perché dice «questo è mio, questo son io, questo è il mio sé». Ora, sarebbe meno male prendere quale proprio io il corpo formato dai quattro elementi che non prendere come tale lo spirito. Il corpo, infatti, può apparire permanente per due, tre, cento anni; ma lo spirito cangia ad ogni momento. «Come una scimmia, o monaci, che in un bosco, aggirandosi tra le piante, afferra un ramo e lo lascia andare e ne afferra un altro, così sorge e passa ciò che vien chiamato spirito o pensiero o conoscenza, cangiando sempre giorno e notte». Questa è della nostra «ragione», tanto teoretica quanto pratica, l'immagine più esatta.

Siamo stolti. È questa la costante constatazione che noi stessi – noi come lo stoico; noi come l'uomo religioso (al cui sguardo, per esempio con sant'Agostino, la stessa serie di tutte le formazioni sociali e statali che la storia umana svolge, si presenta come un seguito di regni di perversità ed assurdo, diabolici, materia d'inferno – concezione alla quale è perfettamente analoga quella del Renouvier, secondo cui non potendo mai la ragione negli uomini «se vouloir ellemême toute entière», l'uomo non riesce a vivere nello stato di razionalità, nello «stato di pace», ed è costretto a sostituirlo con lo «stato di guerra» o di irrazionalità, quello cioè in cui, poiché sulla ragione non è possibile contare, la morale pura si trasforma e trapassa in diritto e Stato); noi come il moralista, nel senso classico e non degenerato della parola, colui cioè che, non già vuol escogitare o dimostrare o illustrare un «dover essere», ma sa cogliere perspicuamente le fattezze di «ciò che è», un Teofrasto, un La Bruyère, un La Rochefoucauld, un Vauvenargues, «moralistes français», un Leopardi autore di operette morali; noi, in quanto issandoci momentaneamente sullo scoglio isolato di quella che talvolta ci par di intravvedere come ragione, scorgiamo nel mondo d'attorno «la compagnia malvagia e scempia», ma sappiamo anche considerare noi medesimi in esso – è, dico, la constatazione che noi stessi abbiamo sempre fatto. Siamo stolti; la stoltezza alberga naturalmente in noi come l'assurdo all'esterno; e quando vediamo la nostra stoltezza con la nostra ragione, non siamo nemmeno sicuri che proprio questa sia ciò che è ragione, e in ogni modo come ragione essa non ci resta ferma dinanzi. Stoltezza inerente alla mente, che si manifesta già in questo, che sebbene sappiamo che ogni desiderio o passione, anzi ogni atto di volere, finisce per darci non la felicità ma anzi il dolore, pure, nel momento del volere, non possiamo a meno di sentire il raggiungimento come necessario alla felicità. Stoltezza che permetteva a Schopenhauer di scrivere che «il mondo apparisce, considerato dal lato estetico, un'esposizione di caricature, considerato dal lato intellettuale, un manicomio, considerato dal lato morale, un covo di briganti». – Accade con noi rispetto a noi esattamente come col «saggio» d'Orazio di fronte agli altri. Nel «saggio» stoico risiede fermamente la ragione. Egli addita con tutta precisione le pazzie che fanno gli altri, la pazzia che domina sovrana nella mente di tutti gli altri. «Insanis et tu stultique prope omnes... accipe, quare desipiant omnes acque ac tu». La pazzia alberga nella mente di tutti gli altri, non, s'intende, nella sua, che negli altri giustamente la vede e l'accusa. Ma come stabilire se abbia torto l'altro quando dice invece al «saggio»: il pazzo maggiore sei tu? «O major tandem parcas, insane, minori»? Come stabilire se, sia rispetto a quella nostra mente che accusa di irrazionali le azioni che noi stessi facciamo, sia rispetto al «saggio», che accusa le menti altrui di essere pazze, non sia giusto ripetere che appunto «cette exacte et tendue apprehension de la raison... l'a mis sans raison»? Infatti lo sforzo più risoluto per regolare rigorosamente la vita secondo la ragione, che la storia del pensiero presenti, quello dei Cinici e degli Stoici, è sempre apparso, quando, uscendo da affermazioni generiche, ha voluto concretarsi nelle azioni particolari, come la massima e la più «curiosa» delle stravaganze. – E, nel campo teoretico, la mente dell'individuo progredisce, cioè passa da un'idea ad un'altra: in quanto, anche nell'individuo, la mente teoretica è storia, proprio perché è processo, progresso, è quindi continua condanna di se stessa.

L'ipotesi, adunque, che si prospettava Descartes, quella del «trompeur très puissant et très rusé, qui employe toute son industrie à me tromper toujours»; tale ipotesi, di cui egli escludeva con assoluta sicurezza ogni effetto almeno in un punto, quello del cogitosum, e proprio invece anche in ciò (decisiva confutazione della parte costruttiva della sua dottrina e di qualsiasi altra certezza, «chiarezza ed evidenza» la mente umana creda tenere in pugno) cadendo in preda all'inganno, ché poco dopo Hume mostrava che lo stesso cogitosum, inteso sostanzialisticamente, come «chose qui pense», era tanto poco certo che poteva essere vittoriosamente negato; tale ipotesi è precisamente quella che, anche senza l'intervento di entità mitiche, si realizza nel fatto ora descritto: nel fatto che quel che ci appare nostra ragione che vede la nostra stoltezza, non ci resta come ragione ferma dinanzi, perché espulsa da una opposta, ma sempre apparenteci, nel momento del suo emergere, come ragione; nel fatto che ogni nostra visuale, che ci appare con evidenza volta a volta visuale di ragione, ci diventa volta a volta, quando subentra l'opposta e considerata dal punto di vista di questa, una visuale di nonragione; nel fatto dunque che le cose vanno proprio come se ci fosse il «mauvais génie», il «trompeur très puissant», che voglia ingannarci e ci riesca pienamente e alla perfezione, dal momento che in ogni nostra visuale di ragione noi ci troviamo sempre (come risulta alla visuale opposta, pur sempre, vedi Carneade, di ragione, quando subentra) nell'inganno e nella nonragione. Il non trovarci mai, almeno con permanenza ed esclusiva sicurezza, nella ragione: l'esser sempre in noi la razionalità mutevole, oscillante, incerta; il giacere perciò le nostre menti sempre in uno stato di irrazionalità; quest'è, letteralmente, l'effettuarsi di quell'ipotesi del «trompeur très puissant» che pure solo come provvisoria concessione dell'impossibile Descartes poneva innanzi. L'irrazionalità in cui al pari della realtà si trova la mente, questa è la presenza davvero esistente e l'azione del «trompeur» di Descartes.

Or dunque, la storia, sia nell'individuo che nella specie, è l'attestazione che dà la mente di sé dell'assurdo in cui si aggira e che la costituisce.

Hegel e Schopenhauer sono veramente gli esponenti delle due concezioni filosofiche antitetiche della vita (e quindi dei due temperamenti opposti), e ciò anche, e specialmente, su questa questione della storia. Il processo come corso divino e il processo come corso infernale. Ma poiché, come per Schopenhauer il processo è senza scopo, così per Hegel è senza meta; e poiché le due cose significano in sostanza lo stesso; così l'esattezza della definizione schopenhaueriana del processo in confronto di quella hegeliana è evidente. Se il processo è senza meta, ossia senza scopo, esso non può essere che processo d'una realtà («volontà») la quale, quantunque le singole incarnazioni di essa (gli individui) abbiano un obbiettivo o un fine nel loro volere, non ha, nella sua totalità, né fine né obbiettivo, non vuole che per volere, non si sforza che per sforzarsi, cioè è essenzialmente irrazionale ed assurda. O il processo ha una meta, e allora nega se stesso come processo, pone capo al contrario di se stesso, cioè all'immobile pace, alla stasi, e questa meta essendo allora la vera realtà, il processo come tale viene destituito di realtà. O il processo non ha meta e poiché così diventa palesemente una cosa assurda, non può essere che processo d'alcunché d'irrazionale, della «volontà» schopenhaueriana, non già d'alcunché cui, col nome di «idea» o di «spirito assoluto», sia lecito ascrivere come carattere essenziale la razionalità.

Gli hegeliani dicono: non vedete che l'immobile pace cui il processo mettesse capo, la stasi, il punto d'arrivo dopo il quale non ci fosse altro, non sarebbe se non la fine di tutto, la morte, e che affinché si abbia non la fine e la morte, ma la vita, affinché questa continui, bisogna che il processo continui, sia eterno? Hanno ragione. Ma ciò non toglie che la conclusione giusta di ciò possa essere, ancora, quella di Schopenhauer. Poiché il processo è assurdo, poiché è processo dell'irrazionale, la conoscenza, che ha veduto questo, guidi la realtà (la «volontà») a rivolgersi contro se stessa, ad annientarsi; la guidi alla meta, alla fine, alla stasi, pur non potendo essere questa meta che il nulla, pur potendo solo il nulla far uscire la realtà dall'assurdo d'un processo senza scopo, pur non potendo cioè la realtà liberarsene senza nullificarsi. Meglio – così, con Schopenhauer, si può, con piena legittimità, rispondere a quel richiamo hegeliano – meglio il nulla che l'assurdo.

E perciò è pienamente nel giusto Leibniz. Questo il migliore dei mondi possibili. Togliete dalla realtà l'assurdo, e, poiché essa non è altro che processo senza meta, ossia senza scopo, ossia precisamente non è che l'assurdo, la annientate. O (come si può esprimere la cosa in linguaggio hegeliano): se la contraddizione, ossia l'assurdo, è la radice del movimento, il motore del processo, e quindi la ragione della vita, questa è una cosa con l'assurdo, perché sparito l'assurdo essa stessa sparisce. – O l'assurdo o il nulla.

Durante e dopo la guerra un buon numero di ottime persone insorgeva con sincera indignazione contro quell'obbrobrio insensato e sanguinoso che la guerra era. Avevano ragione. E non solo la guerra, ma il vizio, il delitto, la slealtà, i tradimenti, gli intrighi, gli impudenti arrivismi, sono un obbrobrio. Volete che tutto ciò scompaia? D'accordo. Sopprimiamo l'Essere; tutto ciò scomparirà. «Ah, questo poi no!». No? Non volete sopprimere l'Essere? Volete che l'Essere ci sia e continui ad esserci? «Ma certo; bisognerebbe essere pazzi per non volerlo». Allora dovete tenervi anche guerra, vizio, intrighi, delitti, tutto questo male e questo assurdo, che sempre costituì e costituirà la sostanza del mondo, perché l'Essere non è altro che siffatta somma di irrazionalità.

Concepite il mondo migliore, e voi lo annientate. Perché se voi ritenete di aver diritto di concepirlo migliore, dovete ammettere che uguale diritto di concepire un mondo migliore abbiano i vostri figli, le generazioni che vi seguiranno. Poter concepire e fare il mondo migliore, significa dunque concepirlo e farlo continuamente migliore, cioè spingere fuori da esso l'assurdo ed il male; ossia condurlo alla meta dove il processo s'arresta, dove non c'è più nulla da fare, da cambiare, da pensare, non si fa, non si pensa, si è morti, tutto giace, sta, è morto – alla stasi, alla fine, vale a dire alla morte, all'annientamento. Anzi, se fosse possibile concepire un mondo migliore, il mondo, stante l'infinità del tempo, sarebbe già divenuto perfetto, cioè avrebbe già raggiunta la meta dove non c'è più processo, la fine, il nulla. Perché il mondo ci sia, cioè continui ad essere, bisogna che non possa migliorare. Se lo potesse, andrebbe (anzi sarebbe già andato) a poco a poco a finire in quella che è l'unica perfezione, l'uscita dal processo, la fine di esso, l'immobilità completa, la morte, il nulla. Perché il mondo continui ad essere, bisogna che sia sempre com'è. Contro Leibniz, Schopenhauer dice che questo è il peggiore dei mondi possibili. Possibile (ragiona) significa, non già immaginario, ma che può realmente esistere. Ora questo mondo è costituito come doveva per poter esistere col massimo di dolore. Se fosse solo d'un atomo peggiore non potrebbe più sussistere. Dunque, uno peggiore, appunto perché non potrebbe esistere, non è possibile, e quindi l'attuale è il peggiore dei possibili. Contro Schopenhauer (ma con più risoluta conferma della sua visuale pessimista) io do ragione a Leibniz: questo è il migliore dei mondi possibili perché se lo si suppone migliorabile lo si annienta. Scorgere che, pur essendo pessimo, è il migliore possibile, poiché farlo migliore vorrebbe dire annientarlo, poiché dunque uno migliore non può esserci, è cogliere il male ancor più alla radice di quel che, con la sua tesi ora ricordata, abbia fatto Schopenhauer.

Perché, dunque, il mondo continui ad essere bisogna che sia sempre un processo che in sostanza non fa che ripetersi, appunto perché è infinito, perché deve durar sempre, perché non può mettere a capo a nessun punto d'arrivo (e quindi sia un processo apparente, un falso processo, un nonprocesso, una stasi – donde si vede come la filosofia idealistica attuale appunto in quanto concepisce la realtà esclusivamente come processo infinito, toglie nel fatto alla realtà proprio il carattere di processo che a parole celebra quale spiegazione appagante e natura divina di essa, perché un processo che non è serie di tappe verso una meta, ma deve continuare eternamente, non può che essere in sostanza stasi). Bisogna, insomma (per usare le parole con cui K. E. Neumann sintetizza il concetto che il buddhismo ha del «processo»), che «non ci sia da aspettare un futuro migliore, sempre più perfezionantesi, oh no! ma da riconoscere questo terrificante mondo della morte e del dolore come l'eterno correlato d'un processo mondiale senza principio e senza fine che si tiene sempre in equilibrio». Bisogna perciò che gli sforzi che fanno i buoni per migliorare il mondo riescano, sì, per così dire, localmente, ma non complessivamente, ossia che (come avviene) a tanto di miglioramento qui corrisponda altrettanto di peggioramento là o a tanto di miglioramento oggi altrettanto di peggioramento domani, cosicché sia forza dire «il mondo sempre essere stato ad un medesimo modo, ed in quello essere tanto di buono quanto di cattivo; ma variare questo tristo e questo buono di provincia in provincia, come si vede per quello si ha notizia di quelli regni antichi, che variavano dall'uno all'altro per la variazione de' costumi, ma il mondo restava quel medesimo». Bisogna che resti dunque nel mondo sempre lo stesso assurdo e lo stesso male, quello che – libertà che va a finire in rivoluzioni sanguinose, autorità che sbocca in cieca tirannide, politici che sfruttano pei loro interessi princìpi e idealità, finzioni e ciarlataneria che assicurano il successo, superstizione, plutocrazia, vizio, servilità, «molti sospetti,» come scrive L. B. Alberti in quella sua così amara e vera rappresentazione della vita politica «mille invidie, infinite inimistà, niuna ferma amicizia, abundanti promesse, copiose profferte, ogni cosa piena di finzione, vanità e bugie» – quello che qualunque uomo che ha aperto gli occhi alla luce, in Babilonia o nell'antico Egitto, in Atene e in Roma, a Parigi e a New York, si è sempre trovato dinanzi, e, sotto qualunque latitudine e in qualunque epoca, ogni «saggio», giunto alla sua maturità sperimentata, ha lamentato pressoché con le medesime parole.

O il mondo, così com'è, e sempre fu e sarà, o il nulla.

O questo mondo, o il nulla.

VI

TEMPO E SPAZIO

CATEGORIE DELL'ASSURDO

Siffatte considerazioni circa il significato della storia permettono forse di ricavare almeno un barlume di quel che c'è in fondo agli occhi delle due sfingi che stanno assise sulla soglia della filosofia: il tempo e lo spazio.

Che è il tempo, questa cosa misteriosa, e che pur sembra fatta da noi, tanto che, secondo lo stato (noia, attesa, piacere) della nostra coscienza, s'allunga e s'accorcia, in dormiveglia passa con fantastica rapidità, nel sonno lo saltiamo addirittura? Se nello spazio si vedono le cose stare una accanto all'altra, nel tempo, non si vedono stare ma si sentono venire cose, o avvenimenti, una dopo l'altra. Si sente, si vive questo loro venire successivo, la «direzione». Il tempo, proprio degli enti che mutano, che vivono, il quale è ciò che fa sentire ad essi, fa essere per essi, la serie successiva di avvenimenti in cui consiste la loro vita, è una cosa sola con la vita stessa. Il tempo è la nostra stessa vita, il processo di questa, ossia (per l'individuo e per l'umanità) la nostra storia. Se, infatti, è ancora possibile rappresentarsi uno spazio vuoto, un tempo vuoto, senza che nulla vi accada, è assolutamente irrappresentabile: se ogni movimento, cangiamento, accadimento cessasse, scomparirebbe totalmente anche il tempo. Tempo e vita, tempo e storia sono perciò la stessa cosa. C'è, dunque, il tempo per la medesima ragione per cui c'è la storia. C'è un tempo – se si vuole, lo spirito fa il tempo –, dopo ogni ora viene sempre un altro ora, dopo il presente sempre qualche altra cosa (ché ciò è esservi tempo, idest storia), unicamente perché essendo ogni presente sempre assurdo e male, cioè essendo la realtà, che è assoluto presente, sempre irrazionale, si fa di continuo un poi per uscire sempre dall'ora, per liberarsi, passando ad un altro momento, dal male che in ogni adesso c'è. Tempo e male sono gemelli, sono due faccie della medesima medaglia, uno suppone e richiama necessariamente l'altro. Il tempo non è che l'eterna (e quindi inutile) fuga dal male eternamente presente. Il tempo (per usare, rimaneggiandolo alquanto, d'un pensiero di Schopenhauer) scorre, fugge, c'è, proprio unicamente per questa ragione, che non v'è nulla che sia bene, cioè che meriti di permanere. Ossia, c'è un futuro, il presente va sempre via, ci precipitiamo di continuo verso l'avvenire, perché ogni presente ci malcontenta, perché a nessun presente potremmo, davvero ed in tutto, dire «t'arresta!», perché in ogni presente manca qualche cosa che ci dovrebbe essere, in ogni presente quindi siamo nel male, tutta la realtà è nel male.

... denn alles, was entsteht,

Ist wert, dass es zugrunde geht;

Drum besser wärs, dass nichts entstünde.

Il tempo è dunque la categoria dell'irrazionale e del male, la condizione e la concomitanza necessaria dell'esistenza di questi. Se si fosse nel bene, non ci sarebbe più tempo, si starebbe. E che cos'è d'altro lo spazio?

Lo spazio è il mezzo mediante cui soltanto possono esistere le cose e le parti diverse in luogo dell'assoluto identico; il modo con cui l'Uno può diventare Più, dar fuori in parti, in cose diverse l'una dall'altra; diverse, disformi, che si contraddicono. Cioè, anch'esso, il modo per cui può esistere la contraddizione. C'è spazio, perché invece di esistere l'Uno eleatico, ci sono i Più. Ma quello soltanto è razionale; con questi passiamo nel campo dell'incomprensibile e dell'assurdo. Lo attestano i vani sforzi della filosofia per spiegarli, e per spiegare le situazioni che ne conseguono, cangiamento, causa, relazioni, moto, l'impossibilità razionale del quale dimostra, dimostrano e volevano appunto dimostrare gli argomenti di Zenone comprovanti che esso non può razionalmente esistere, che quando siamo nel regno dei Più siamo insieme nel regno dell'irrazionale. Quello, l'Uno eleatico, soltanto è razionale, dico. Ma provatevi un po' a vedere che è. Provatevi a raffigurarvi i Più, cioè il mondo, raggrinzarsi in quell'Uno assolutamente identico, senza cose diverse e senza parti, e voi vedrete i Più, il mondo, sparire, diventar nulla. Esso, l'Uno eleatico, è la razionalità, ma è anche il nulla. I Più, cioè il mondo, sono l'assurdo, ma sono anche la realtà. Una nuova volta si fa palese che la razionalità è uguale a zero, a morte, a nulla, e realtà è uguale ad assurdo. – O, come si potrebbe anche esprimere questo pensiero: il preteso non fenomenico (razionale) in sé delle cose, il noumeno in cui le cose, per così dire, si raccolgano e riposino, fuori della irrazionalità fenomenica, nell'unità e nella pace dell'assoluto razionale, non è che il nulla. Di qui si comprenda (e di qui se ne valuti la profondità) la sentenza del Foscolo: «al nostro intelletto la sostanza della Natura ed il nulla furono sono e saranno sinonimi».

Vero è che per la misticometafisica questo nulla è ancora qualcosa, anzi il supremo qualcosa. Ma si tratta d'un inganno che giuoca la tendenza ad amalgamare il residuo di antiche cieche credenze e ciechi impulsi di carattere religioso, ormai palesantisi insostenibili, coi risultati irrecusabili cui il progresso del pensiero e la constatazione dei fatti mettono capo. Accade, cioè, qui, quel che circa la scienza constata il Wundt: «Lo sviluppo delle singole scienze non può poi in genere sottrarsi al perdurare dell'azione delle vecchie filosofie e con queste si affermano di regola contemporaneamente idee che in origine si connettono con motivi religiosi». – Pur, vale a dire, sospinti a poco a poco ineluttabilmente alla constatazione che oltre il mondo visibile non c'è che il nulla, non si riesce né si vuole, stante la persistente azione psicologica dei primitivi motivi religiosi, chiaramente ammetterlo. Ciò pare «volgare materialismo». E si assume, come posizione che, mentre appaga quei motivi, ha anche l'aria di essere intellettualmente superiore, quella di dichiarare che proprio quel «nulla» è l'Essere sommo.

Due interessanti movimenti di pensiero, la teologia negativa e il buddhismo, possono fornire di tutto questo la prova e l'esemplificazione.

Qual è il movente psicologico della teologia negativa? Evidentemente, il seguente. In un primo momento, il pensiero afferma con tenacia, sicurezza, appassionata e profonda convinzione, l'esistenza d'un Essere supremo, dotato di certi attributi precisabili. Il processo del pensiero e l'osservazione dei fatti sospingono all'irreparabile conclusione che un tale Essere è contraddittorio e impossibile. Pure il residuo atavico della prima fase di pensiero continua ad operare in questa seconda. Non si vuole né si riesce perciò ad approdare nettamente all'affermazione dell'inesistenza di questo Essere supremo, e, non potendosene nemmeno più affermare l'esistenza, si dichiara che esso è alcunché a cui nessuna delle nostre categorie intellettuali si può applicare, qualcosa che non possiede alcuna di quelle che sono per noi le note dell'essere, qualcosa quindi che non si può designare se non con un non, pur essendo, in qualche modo a noi inaccessibile, la suprema, anzi la sola vera, esistenza.

Più interessante ancora è il caso del buddhismo, questa teologia negativa dell'io, e su di esso gioverà quindi fermarsi un momento di più.

Procedente dallo stato di ansiosa ardentissima ricerca della vita immortale in unione con Brahmā, che costituiva già precedentemente il carattere essenziale della vita spirituale indiana, il buddhismo (e fin da quel Sermone di Benares, la cui immensa superiorità, del resto, sopra il Sermone sul Monte è indisconoscibile) si presenta con l'affermazione, a cui dopo lunghe intense meditazioni e mortificazioni il Buddha perviene: la liberazione dalla morte, l'immortalità, è trovata. E in che cosa consiste? Spogliatevi dei cinque sensi, spogliatevi delle sensazioni, delle percezioni, dell'immaginazione e inoltre della conoscenza; quello che resta è libero dalla morte, è immortale. Immortali siete se riuscite a sentirvi in essenza immedesimati con quello che resta tolti i sensi e la conoscenza. In esso, se con esso soltanto vi sentite siffattamente immedesimati da aver spento ogni desiderio di sensazioni e conoscenza, potete trapassare nel Nirvāna. La nostra essenza, insomma, non consiste nella coscienza, nella personalità, in ciò che chiamiamo abitualmente io, ma in un nucleo profondo e senza coscienza, che sottostà a tutto ciò, che, inafferrato e inafferrabile dalle nostre categorie conoscitive, è dunque inconoscibile e imperscrutabile (l'«io» noumenico di Kant), e che, in sé indistruttibile, lungi dal perire col perire del corpo di cui volta a volta si riveste, non appena, perito il suo corpo, esce dalla sfera spaziale, temporale, fenomenica, di là riafferra, qualora conservi ancor sempre sete di vita, un germe fecondato (d'uomo o d'animale, di Dio o di demonio, a seconda delle sue tendenze) per costruirsi su quello, una nuova volta, dei sensi, un corpo, un apparato conoscitivo, una conoscenza con cui soddisfare la sua sete di vita ossia di sensazioni; mentre, se ha estinto in sé la sete di vita e di sensazioni, trapassa nell'eterna immutabile pace del Nirvāna. Se riusciamo a rinunciare a sentirci io nella mera superficie delle sensazioni, delle percezioni, della conoscenza, se riusciamo a raccoglierci in quel nucleo profondo e a rinunciare a riemergere da esso alla superficie della coscienza, cioè a riprendere questa, siamo nella immortalità beata del Nirvāna, non più tocca e travolta da ciò che è passeggero e doloroso. – Tale il tentativo buddhistico di stabilire l'immortalità, non privo certo di fascino e di coerenza. Coerenza che scaturisce appunto dal capovolgimento della concezione che stabilisce invece la incoerenza del tentativo immortalistico da parte dell'idealismo; vale a dire dal negare che la ragione o spirito appartenga alla nostra essenza. Ché ridicolo è parlare di una nostra immortalità se la nostra essenza sta in quella ragione o in quello spirito che con tutta evidenza scorgiamo in ogni morte d'uomo continuamente perire; e, se mai, solo può sostenersi l'immortalità se, col buddhismo (e così, del resto, con Schopenhauer) la nostra essenza è riposta in alcunché che sta al di fuori e al disotto della ragione, dello spirito, della conoscenza, e l'affermazione della cui immortalità non è quindi visibilmente ad ogni minuto smentita.

Senonché, ora, tolti i sensi e la conoscenza, che cosa resta? Nulla, si direbbe; e nulla si direbbe essere il Nirvāna, sede di questo nulla che resta. Ma ecco anche qui operare il processo accennato circa la teologia negativa. Il residuo atavico della precedente posizione di pensiero, secondo cui la vita di là è una esistenza luminosa, ricca, consapevole, piena di beatitudini sensibili, precisabili e descrivibili, si ripercuote e perdura nella seconda fase di pensiero, in cui pure si fa ineluttabilmente chiaro che un'esistenza ultraterrena è contraddittoria e impossibile, e che l'estinzione dei sensi e della conoscenza (pur scorti ora come alcunché che definitivamente trapassa e si spegne) significa l'annientamento. Allora quel nulla che resta, tolti i sensi e la conoscenza, questo semplice non, prende il nome di vera nostra essenza, il nonessere del Nirvāna, in cui può trapassare questo nulla che resta, prende il nome di suprema beata esistenza, e liberazione dalla morte, immortalità è il nome che prende precisamente l'uscita dall'essere, ossia proprio il morire. E Schopenhauer, con la tesi che il nulla è soltanto relativo, nulla solo rispetto a qualcosa (cioè circa alla presente questione, nulla solo rispetto al nostro mondo, al mondo creatoci davanti dalle nostre categorie mentali) ripete esattamente su questo punto la posizione del buddhismo. Così, mentre, da un lato, egli commette l'errore di interpretare l'Erscheinung kantiana (venir alla luce, essere in condizione da poter apparire) come Vorstellung (apparire di fatto a qualcuno), dando in questa direzione a Kant un'interpretazione decisamente idealistica, commette, dall'altro lato, l'inverso errore di far diventare il noumeno (che per Kant è spesso pressoché il nulla perché l'impensabile, ciò a cui non giungono le categorie della conoscenza e perciò nemmeno dell'esistenza) «la più alta realtà metafisica» col che «anche il concetto del carattere intelligibile acquista un'impronta assai più determinata e diventa volontà come cosa in sé» – dando così, in questa direzione, a Kant una interpretazione decisamente realistica.

Il buddhismo, dunque, nel suo affermare la immortalità e intender questa come l'uscita dall'Essere, il morire definitivo, prende rispetto all'io la medesima posizione che prende rispetto a Dio la religione generale, allorché lo afferma, ne mantiene il nome, e vagamente anche il concetto, pur quando, sospinta dallo stesso sempre più profondo esame dialettico dell'idea di Dio e dalla crescente conoscenza dei fatti, è costretta (come teologia negativa, o anche approdando al TuttoUno del panteismo) a farlo diventare alcunché che ne è la negazione.

Ora, con l'assumere siffatta posizione il buddhismo si avvolge in contraddizioni inestricabili, che non sarà inutile, a maggior chiarimento della tesi qui sostenuta, porre brevemente in luce.

Vi sono del punto in discussione del buddhismo due interpretazioni opposte.

L'una è quella stata poc'anzi enunciata, secondo la quale l'io, anche dopo la dissoluzione del corpo e anche nel Nirvāna, è sempre, per quanto ineffabilmente, qualcosa. A questa interpretazione, pur con prudenza e con riserva, non senza rendersi conto delle oscillazioni dei testi al riguardo (e propendendo a ritenere che l'esistenza dell'io nel Nirvāna sia non più quella d'un io individuale, ma quella dell'io universale) inclina l'Oldenberg. Questa stessa interpretazione altri, senza riserve, calorosamente sostiene ed espone come l'unica possibile del punto in discorso della dottrina buddhistica. – Ma con essa, questa cade nella contraddizione seguente. La coscienza, la conoscenza, è, pel buddhismo, fuor di discussione, alcunché di puramente fenomenico, non proprio dell'essenza dell'io, che questo aggiunge e sovrappone alla sua essenza col costruirsi un corpo, che sorge per mezzo del corpo e passa con questo. La coscienza appartiene alle cose che sorgono e passano, nascono e tramontano, al regno della transitorietà, non a quello di ciò che è, di ciò che è mio, di ciò che è io. Ciò non ostante il Nirvāna è uno stato di suprema beatitudine, di immobile pace, sentito, avvertito (cioè conosciuto) come tale. A colui che è «estinto», «liberato», «redento», viene attribuito, come constata l'Oldenberg, «Bewusstsein seiner Erlöstheit»; e così questa coscienza, che il buddhismo prima con tanta forza proclama transeunte e fenomenica, viene poi resa parte costitutiva dell'io noumenico, dell'io che passa nel Nirvāna, allo scopo di salvare quello e questo dall'identificarsi col nulla. Giacché è chiaro che nell'atto in cui si cancella col pensiero dall'io del Nirvāna ogni coscienza di questo suo stato, tutto ripiomba nel buio del nulla, il mistico castello di carte istantaneamente si sfascia, cioè la vita «suprema» ci si rivela, sotto i nebulosi slanci concettuali e verbali, nelle sue vere fattezze di nulla.

L'altra interpretazione è quella, la quale, avvertendo la contraddizione ora accennata, si appiglia risolutamente al partito di dichiarare che, pel buddhismo, il passaggio dell'io nel Nirvāna è la sua totale estinzione, il suo completo nullificarsi. Per essa (che in tale suo modo di intendere l'io sfiora assai dappresso l'idealismo «attuale»), dietro i cinque sensi e la conoscenza o coscienza fenomenica non c'è alcun elemento permanente o sostanziale, e l'io non è che puro atto, ossia ogni io (poiché, però, per questa interpretazione ogni io è una forza individuale e per sé stante senza cominciamento, e non esiste io universale) è un processo di combustione o di fermentazione spirituale, «Verbrennungsprozess», «der geistigfermentative Prozess», che non ha principio, che prosegue se stesso afferrando nei corpi successivi la materia per continuar a bruciare e che nel santo, nel «perfetto», arriva, esattamente come una fiamma che non ha più alimento e si spegne, alla sua totale estinzione. – Questa interpretazione da un lato va incontro a una mortale contraddizione con altre dottrine buddhistiche, e da un lato precipita nel più patente nonsenso. Va incontro a una contraddizione con la dottrina del karman, giacché, se l'io non ha nulla di sostanziale, se non è se non come un fiammeggiare che solo in apparenza è sempre quello, ma in realtà si produce mediante il rapidissimo succedersi e avvicendarsi le une alle altre di cangianti molecole di ossigeno, allora non si vede né come né per quale ragione (ed è questa un'obbiezione stata spesso sollevata dai monaci buddhisti, con grande irritazione del maestro, ma senza che egli sapesse soddisfacentemente risolverla) le azioni compiute da una fase o momento di questo io, semplice processo fermentativo (non cosa che fermenta), possano ripercuotersi sopra una sua fase successiva, precisamente al modo che in quella psicologia contemporanea, che (analogamente alla concezione buddhistica) riduce l'io al pensiero che passa, è difficile giustificare perché il pensiero che passa oggi nel corpo che porta un dato nome possa essere punito per ciò che ha compiuto ieri un pensiero diverso da esso, solo pel fatto che anche questo passava nel corpo del medesimo nome. – Inoltre: in questa interpretazione viene in piena luce la pura mitologia sulla quale il lato speculativo del buddhismo si regge. Perché in ogni morte di persona umana noi vediamo la fiammaio spegnersi. Ritenere che una nuova fiamma che si accende (la nascita d'un nuovo vivente) sia la prosecuzione d'uno di quei processi di combustione che abbiamo visto spegnersi, è altrettanto arbitrario e fantastico quanto il pensare che la fiamma che accendo stasera su questa candela sia la continuazione di quella che ho acceso iersera su di un'altra candela (e, certo, un'analoga mitologia sta, nell'«io noumenico», nel «soggetto trascendentale», nell'«atto puro», al fondo di tutti gli idealismi, compreso quello «attuale», che affermano lo spirito sia alcunché di diverso da un puro e semplice vario prodotto singolo dei vari singoli cervelli; anzi questa mitologia buddhistica della forzaio che persiste, attraverso la distruzione dei suoi corpi successivi, indipendente da questi e sta extraspazialmente ad aspettar di afferrare un nuovo germe fecondato, rivela palesemente ciò che, con quelle concezioni, essi idealismi enunciano solo in aenigmate). – Infine l'interpretazione in discorso mette capo al nonsenso più palese. Vi si manifesta, anzitutto, in piena luce quella, quasi direi, amara ironia con cui il lato speculativo del buddhismo ci illude e ci delude, quella cioè che l'immortalità è uguale a nonvita, che affinché ci sia l'immortalità occorre che non ci sia vita («die Totlosigkeit ist da, aber sie ist erkauft mit dem Leben»); ironico vuoto finale tanto necessariamente insito nel buddhismo che anche l'altra interpretazione è ben lungi dal poter sfuggirvi. E poi, e soprattutto, resta, con tale interpretazione, in pieno rilievo l'assurdo della concezione d'un io come mero processo senza principio, a cui, e nella inesistenza d'un substrato o persona a cui il processo appartenga, che sia responsabile della direzione di esso, che permanga identica a sé durante le millenarie fasi di esso, si comandano sacrifici inenarrabili e costanti per secoli e secoli col premio della prospettiva veramente paradisiaca della sua totale assoluta estinzione, con la meta lautamente ricompensante del nulla. Il nulla conquistato faticosamente mediante l'ascesi più aspra, questo lo stridente nonsenso e l'ironia che sta a base di tale seconda interpretazione del buddhismo.

Qui si manifesta intero il puerile truism del buddhismo in quanto vuole essere filosofia speculativa; truism il cui spuntare, per quanto velato, come l'approdo d'una riflessione alla quale han posto mano e cielo e terra, è il solito scherzo che, come si disse, giuoca il perdurare di motivi misticofilosofici d'una fase di pensiero oltrepassata dallo sviluppo di questo, in una fase successiva che di quei motivi costituisce in realtà la negazione. Esso dice: sacrificati, rinnega te stesso, annienta ogni tuo desiderio, estirpa la sete di vita, perché così otterrai la beatitudine, l'uscita dal dolore, cioè l'estinzione. Tu sei immortale: immortale nel nulla. Diventa «perfetto» e «santo» e allora... riuscirai a morire. Quasiché il semplice fatto della morte non mostrasse visibilmente – sebbene questa visibilità sia palliata nel buddhismo da quella pura mitologia che è la dottrina della rinascita – che ad ognuno, senza bisogno affatto che sia «santo» o «perfetto», questa beatitudine dell'estinzione è compartita! Il truism adunque che la morte estingue l'uomo – truism che basta aprir gli occhi per scorgere – è quello che mediante ardue speculazioni, sottili elaborazioni delle dottrine religiose precedenti, ampio apparato di trascendentalismo, finisce per tralucere chiaramente come l'unica conclusione del buddhismo speculativo. E questo processo che mette capo ad un elementare truism mediante difficilissime e complicate speculazioni e movendo da un punto di partenza lontanissimo ed opposto – dovuto sempre all'accennato sopravvivere di motivi filosofici o religiosi propri d'una fase di pensiero ormai sorpassata, e al loro ripercuotersi e perdurare in una fase successiva in cui il pensiero, pur avendone scorto l'insostenibilità, non sa risolversi ad eliminarli recisamente – questo processo è il tipo di tutti i consimili che troviamo in ogni filosofia idealista. Così nel kantismo, che (come illustrerò meglio fra poco) attraverso un siffattamente aspro lavoro di pensiero finisce per dire: l'esistenza delle cose sta nel loro poter essere viste e toccate. Così nello hegelianismo, che (come si vide) mediante elucubrazioni ancora più momentose, finisce per dire: i fatti, le cose, vengono all'esistenza da sé, per forza propria, e la nostra mente non ha che da constatarli, da adeguarvisi, da inchinarvisi. – Ma per chi non accetta la confusa ed equivoca indeterminatezza della misticometafisica, l'Uno eleatico, l'immortalità buddhistica, il Dio della teologia negativa, non sono che il nulla, non sono se non parole che s'ingegnano di coprire quel nulla che non ci si vuol rassegnare a riconoscere e confessare.

Ciò non toglie che resti nel buddhismo una profonda verità: il suo nucleo vero sotto l'elemento speculativo e mistico, quel nucleo che basta pienamente a dare alla concezione buddhistica l'impronta d'una insuperata e solenne grandiosità. Quello cioè che il processo è assurdo e dolore; che questo processo di assurdo e di dolore si perpetua vanamente dall'uno all'altro vivente, nel corso vitale della specie, il quale rappresenta il solo significato positivo della dottrina della rinascita (e già in qualche testo buddhistico balena lontanamente una siffatta interpretazione di questa), ché veramente ogni nuovo vivente è lo stesso di chi l'ha preceduto quaggiù in questo senso, che è anch'esso vita, incarnazione di vita, anello, veicolo, mezzo di prosecuzione di quel corso eterno di dolore e di assurdo che è la vita – quello, infine, che la sola possibilità della cessazione di questo processo di dolore e d'assurdo è la nullificazione del processo stesso, e perciò il nulla.

Qui – nella realtà, nell'Essere – domina l'assurdo e il dolore. Questi sono la sola cosa patente. Veramente,

Arcano è tutto,

Fuor che il nostro dolor.

Tale la constatazione realistica, tale il fatto. Per trovare una via d'uscita fuori dei fatti, per cancellarseli idealmente dinanzi, per liberarsene, si creano mitologie di varia natura, teologiche e filosofiche: tipica, tra queste ultime, quella del Bradley, il cui ragionamento, del tutto pari a quello del buddhismo, è proprio questo: qui c'è l'assurdo, perciò vi deve essere una sfera in cui l'assurdo non c'è. Donde la legittimità di quel perciò? Tale e quale è il ragionamento dell'elemento speculativo del buddhismo. Il torto di questo è che esso vuole – in sostanza esattamente come tutte le altre religioni – saltar fuori dai fatti, e, mediante il sillogismo della speranza che ho illustrato in principio, ragiona: i fatti sono così, perciò, c'è una realtà vera ed ultima (Nirvāna) che è l'opposto. Ma realisticamente, sperimentalmente, per chi vuole il fatto accertato e nessuna costruzione mitologica in più, fa d'uopo arrestarsi alla prima metà della concezione buddhistica, alla semplice constatazione (perché questa appunto è l'unica realtà constatabile) che il dolore e l'assurdo sono immanenti all'Essere, che la realtà è dolore, che ogni volere è dolore – verità che dal punto di vista morale ha l'importantissima conseguenza di servire, secondo l'espressione di Schopenhauer, di quietivo della volontà – e che, poiché l'Essere è un'unica cosa con l'assurdo e il dolore, solo nel nonessere senza maschera, nel nulla, questi possono aver fine.

Il concetto che sta sotto a tutta questa disamina è il seguente.

Bisogna, appunto in questo momento di rispumeggiare dello spiritualismo più arrogante e di rigurgito di tutte le vecchie superstizioni, coraggiosamente affermare che il pensiero più sicuramente dominante nella dottrina di Kant, e la più solida eredità che questi ci ha lasciato, è che – come chiarirò più largamente fra un momento – poiché non esiste (o almeno noi non possiamo sapere e affermare che esista) se non ciò che cade entro le categorie, e quindi nella percezione, così non esiste (o almeno noi non possiamo sapere e affermare che esista) se non ciò che può essere visto, toccato, udito, gustato, odorato: percepito. Ogni affermazione d'esistenza di ciò che non si percepisce sensibilmente – e fin tanto che questo ciò non venga a manifestarsi nella nostra percezione sensibile – è pura possibilità fantastica, ossia puro sogno, che può sognarsi in qualunque guisa, e qualunque guisa in cui lo si sogni ha il medesimo valore di qualsiasi altra: tanto è vero che da venticinque o trenta secoli lo si è continuato e lo si continua, cioè nei vari sistemi metafisici e religiosi, a sognare così nelle guise più diverse. Di qui l'identificazione che (quand'anche con parole oscure) Kant fa dell'io con ciò che di esso cade nella percezione, ossia col corpo. Identificazione di cui, sia detto tra parentesi, la vita dell'amore ci offre la conferma. Una persona, infatti, può essere amata per le sue doti spirituali, perché è grande musicista, grande poeta, perché sa conversare con spirito e brio e simili. Ma nei momenti dell'amplesso viene in chiaro che essere amati per ciò, è come essere amati per le proprie ricchezze, perché si porta una bella pelliccia o si può andare in automobile – per ciò che si ha, non per ciò che si è. Si sente di essere amati veramente per ciò che si è solo quando si è amati per l'attrattiva fisica che il nostro corpo suscita. Questo soltanto – si capisce allora – sono io; il resto, le doti spirituali, è mio, lo ho; ma non è me.

Dire che esista una cosa che è in condizione da non dar mai segno di sé, è un nonsenso; perché esistere vuol dire precisamente potere, e, in certe circostanze, dovere, dar segno o manifestazione di sé (per esempio esser visto se un occhio guarda). Ciò che è per essenza occulto, ciò che nessun occhio, se anche guarda, può vedere, nessuna mano, se anche si protende, può toccare, è appunto vuoto fantasma, ombra, spettro, Hirngespinst, cioè nulla. L'impercepibile è, almeno pel nostro pensiero, il nulla, e tale rimane e deve rimanere se non si vuol sognare, eternamente per esso. Esiste solo (o solo posso dire che esista) ciò che, se vien portato davanti alla mia percezione, può essere visto, toccato, sentito. Tale il pensiero di Kant, il suo pensiero schietto, liberato dalla gramigna. Dire con le mitologie religiose e metafisiche: cose o stati (e tra queste l'io noumenico, il soggetto trascendentale, lo spirito assoluto o come atto puro) che non possiamo percepire (conoscere), che sono inconoscibili (perché impercepibili), che stanno fuori delle nostre categorie mentali (perché fuori dalle sensazioni) e sono toto coelo disformi da quelle, pure esistono e sono in questa o quell'altra guisa; affermare il nonesserepernoi come ancora un Essere (l'uno eleatico, il Dio della teologia negativa, l'Assoluto di Bradley, il Nirvāna buddhistico) è anzitutto contraddizione, perché si dichiara impercepibile, ossia inconoscibile, ciò di cui poi si afferma l'esistenza, ossia che si dice possibile a conoscersi almeno in questo elemento dell'esistenza; poscia è mitologia. Perché questa impercepibilità è appunto (almeno per noi) il nulla. Perché le cose che sono fuori della percepibilità sono appunto quelle che dobbiam dire fuori dell'essere. L'essere, la realtà non è che il manifestarsi delle cose, il loro essere percepibili (o conoscibili; né, si badi, come gli idealisti dico conosciute, ossia investite dal pensiero in atto, e tanto meno pensate, ma conoscibili mediante la percezione), cioè il loro possedere gli elementi della percepibilità. Ciò che si sottrae alla percepibilità, che non possiede gli elementi di questa, non possiede nemmeno quelli dell'essere (che sono precisamente gli stessi), cioè non esiste. L'esistenza, ciò che esiste, o, almeno, ciò che, solo, possiamo dire che esista, non può che essere costituito di elementi percepibili (non percepiti di fatto, come vuol Berkeley, o di fatto conosciuti, come vuole l'idealismo assoluto), sensibili, spaziali, temporali, estesi, cioè materiali. Questo è, per quanto velato, il fondo del pensiero di Kant. Questo è l'esplicito pensiero del Leopardi. «Tu non conosci cose che non sieno materia; non conosci al mondo, anzi per qualunque sforzo non puoi concepire, altro che materia». E l'Ardigò in un senso, non identico, ma abbastanza vicino a quanto dico, scrive che l'inconoscibile è soltanto relativo perché non vi si può trovare nessun elemento «che non sia lo stesso dato proprio della sensazione»: ossia, per interpretare interamente secondo io intendo dire: ciò che non conosciamo ancora e che potremo quandochessia trovarci dinanzi, e anche ciò che non giungeremo mai a trovarci dinanzi e a conoscere, che ci rimarrà sempre sconosciuto, che è dunque in questo senso inconoscibile, non può che essere costituito (non lo possiamo che pensare costituito) di elementi sensibili, spaziali, temporali, estesi, materiali. Affermare che esista alcunché non costituito di siffatti elementi (perciò tale che le nostre categorie mentali non vi si possano applicare, disforme da esse – il Nirvāna, l'Uno eleatico, il Nulla relativo di Schopenhauer, l'io noumenico, il regno dei fini, la ragione assoluta e simili) è un nonsenso, è sogno. Perciò la frase «è fuori dallo spazio e dal tempo, senza tempo e senza spazio», che gli idealisti, i metafisici, i religiosi usano ad ogni momento con tanta disinvoltura e facilità, come una cosa ovvia e liquida, e con cui pretendono dar fondamento a quelle loro fantasie (Nirvāna, io noumenico, Dio, ragione assoluta, ecc.) è una frase insensata, interamente manicomiale; enuncia un concetto inconcepibile, dice: è ciò che non è, dice: penso che sia ciò che non posso pensare che sia. L'unica certezza di Essere, l'unico sapere di Essere ci è dato dalla percepibilità: dalla spazialità, temporalità, estensione, dalla visibilità, dalla tangibilità, ossia dalla materialità. Al di là non possiamo andare col sapere, ma solo col sogno. Perciò, al di là, cominciano, con le nostre maniere, tutte di pari legittimità, di sognar questo sogno, le divergenze, e con esse il regno dello scetticismo. Si badi che con tutto ciò intendo semplicemente: se il Nirvāna buddhistico, il Cielo cristiano, l'io noumenico, il soggetto trascendentale, l'Assoluto bradleyano esistono, devono essere spaziali, temporali, sensibili, devono essere cose «rappresentabili», cose che hanno la qualità per poter essere oggetto di rappresentazione, cose che possono cadere nella percezione, cioè che posseggono le forme a questa adeguate (estensione, temporalità, concatenazione causale, ecc.). Dite voi che ciò non è possibile, che è contraddittorio, che devono invece essere qualcosa di diverso da tutto ciò? Così dicendo voi cancellate in essi appunto le note dell'Essere e li fate diventare inesistenti, nulla.

O, in altri termini, voglio semplicemente negare la possibilità nel campo filosofico di fantasticare, di sognare, di dire: ci possono essere, ci sono, esistenze senza spazio, senza tempo, del tutto eterogenee al nostro concetto di essere (ossia alle forme che la nostra mente ha per l'Essere, forme che sono nella mente le stesse che nell'Essere o natura, non perché la nostra mente le abbia date a questa, ma perché questa le ha date alla nostra mente, com'è ovvio, essendo la mente parte della natura o dell'Essere, essendo anch'essa ciò che è e non potendo quindi essere da ciò disforme). Né questo vuol dire che la mente e l'Essere siano una cosa sola, che l'Essere per esistere debba essere pensato, come vogliono gli idealisti. L'Essere travalica in fatto di gran lunga la mente, così in estensione, come nella possibilità per la mente di andare al di là della constatazione di esistenza e di trovarne gli elementi spiegativi. La certezza, insomma, come mette in luce con energia Schopenhauer, c'è solo in quella che egli chiama l'intuizione, nella percezione intuitiva, mentre nella interpretazione concettuale di essa si insinua largamente la possibilità dell'errore. (Il che potrebbe tradursi così: tutto è per sé percepibile; ma solo se noi percepissimo di fatto tutto, poniamo anche gli atomi e l'etere, conosceremmo tutto, e potrebbe, solo allora, sostenersi l'identità tra Essere e pensiero). Ovvero, come amava ripetere Ardigò: il fatto è divino, la spiegazione umana. Cioè: la constatazione che mediante la percezione facciamo dell'esistenza di ciò che vien percepito è infallibile: ciò che vediamo e tocchiamo, sicuramente è. Ma qui s'arresta la nostra certezza: alla pura constatazione percettiva d'esistenza. Gli elementi spiegativi della parte di Essere che constatiamo (i quali costituiscono anch'essi una parte di Essere, ma che non constatiamo); questi elementi spiegativi, ossia la spiegazione di ciò che è percepito, dato, mediante alcunché che non lo è, la quale non è altro che un'induzione da ciò che si percepisce a ciò che si percepirebbe se... (se avessimo sensi più acuti, strumenti più fini, ecc.); tali elementi spiegativi sono soggetti all'incertezza e all'errore, appunto perché ed in quanto sfuggono alla nostra constatazione percettiva.

L'Essere, dunque, travalica di gran lunga la mente. Dall'Essere conosciuto noi possiamo dedurre la presenza d'un Essere sconosciuto che esistette prima della conoscenza o esiste non accompagnato da essa: per esempio dall'esistenza della crosta terrestre quella di minerali per sempre nascosti nelle viscere della terra, dallo stato attuale del nostro globo quello d'uno stadio di esso precedente al formarsi dell'uomo e degli esseri viventi, e quindi ad ogni pensiero, conoscenza, sensibilità. La parte di Essere da noi constatata, constatata dalle nostre scienze, ci rimanda necessariamente ad una parte di Essere che non constatiamo, che non possiamo constatare e conoscere (donde, per esempio, le ipotesi dell'etere e dell'atomo); Essere che esiste, sebbene non constatato, ed esiste indipendentemente dal nostro pensiero (tanto è vero che questo non lo afferra con sicurezza, ma è largamente esposto all'incertezza e all'errore nel determinarlo). Essere dunque che esiste in sé e non perché sia dalla mente pensato. – Ma (ed ecco il punto decisivo) dovunque sia esistito, esista, o sia per esistere Essere, anche da noi non mai conosciuto né conoscibile, esso non può essere che spaziale, temporale, percepibile, munito di quelle forme che sono per noi le forme dell'Essere, perché senza di queste sarebbe appunto... il nulla (noi non possiamo che chiamarlo il nulla). Col supporre un Essere non munito di queste forme noi pensiamo precisamente il nulla. Niente di ciò che è, in una parola, può negarsi alla percepibilità, alle forme, spaziali, temporali, ecc., che nella nostra mente ci sono per l'Essere. Come dice con tutta precisione il Wundt: «Possiamo supporre che vi siano oggetti che in questo o quel momento non sono da noi rappresentati, anzi che non entrano in alcuna coscienza che se li rappresenti. Ma nella supposizione di tali oggetti noi dobbiamo inevitabilmente assumere le qualità di oggetti di rappresentazione».

Spazio e tempo sono insiti nella realtà, nelle cose; non sono dati a queste dalla coscienza. Perciò è assurdo dire: solo la realtà fenomenica, intesa nel senso di realtà per noi, fenomeno per noi, ha spazio e tempo, ma oltre di essa vi è o vi può essere, una realtà non spaziale e non temporale. Realtà non vuol dir altro appunto che essere spaziale, temporale, esteso. Senza e al di fuori di tali condizioni non v'è che il nulla.

Ma, del resto, siano spazio e tempo forme della realtà o forme dello spirito, non è questo che importa. Anzi, a ben guardare, dire l'una o l'altra cosa è perfettamente lo stesso. È, per vero, un abbaglio ed un equivoco interpretare la teoria kantiana del tempo e dello spazio nel senso che essi emanino dal nostro io, dalla nostra coscienza, da ciò che solo, in termini propri, si può chiamare «coscienza» ed «io». Essi emanano per Kant dalla coscienza in generale, überhaupt, la quale non è altro che la conoscenza possibile (mögliche Erfahrung), la possibilità della conoscenza, l'insieme delle condizioni perché sia in generale possibile conoscere, ossia l'insieme delle condizioni dell'esistenza, giacché l'esistenza delle cose non è appunto altro che il loro uscir fuori (per dir così) dall'x o nulla noumenico e il rendersi manifeste, visibili, conoscibili, il farsi cioè fenomeni, il loro apparire, ma non l'apparire effettivamente a qualcuno, bensì l'apparire in sé, il rivestirsi delle forme del poter apparire in generale, il loro essere fenomeni in sé, non già solo fenomeni per noi, «Erscheinung nicht nur für uns, sondern an sich», come diceva lo stesso Hegel, decisamente realista rispetto a Kant. Dire, dunque, che tempo e spazio appartengono alla coscienza überhaupt è dire che appartengono all'esistenza, alla realtà, alle cose (fenomeni); che sono forme della mente (conoscenza) perché e come sono forme delle cose (dei fatti, ossia delle conoscibilità, agnoscibilia), che sono forme della conoscibilità, presa tanto in senso passivo (= possibilità di essere visto, avvertito, conosciuto = esistenza), quanto in senso attivo (= possibilità di conoscere, conoscenza). La dottrina di Kant viene a dire (come quella del Mill): che significa essere? che significa che una cosa è? non già che essa sia percepita, ma che è percepibile, che si può vederla, toccarla, percepirla; che essa dunque ha in sé i caratteri che la rendono avvertibile (spazio, tempo, categorie), i quali sono i caratteri stessi della sua esistenza. «Esse est percipi posse»; questa (così si può esprimere la cosa) è la correzione che Kant fa a Berkeley; ed è una correzione che lo rovescia, perché restaura nelle cose stesse gli elementi della conoscibilità che sono anche quelli dell'esistenza. L'esistere delle cose significa che si possono vedere e toccare (che sono oggetto di esperienza possibile, che sono fenomeni, cioè apparenze, ma quell'apparenza che è la stessa realtà, cioè apparenza nel senso di venire alla luce, mostrarsi, presentarsi, affacciarsi allo sguardo). Perché le cose siano visibili bisogna che abbiano (acquistino) i caratteri della visibilità; o perché siano percepibili quelli della percepibilità in generale. Perché siano concepibili, pensabili, bisogna che abbiano (acquistino) quelli della concepibilità e pensabilità. Occorre per essere conoscibili che si rivestano di queste forme. I primi caratteri sono le forme dell'«intuizione» (nel senso kantiano); i secondi le categorie. Poiché l'essere delle cose sta tutto nel loro rendersi manifestabili, cioè nell'avere o acquistare quei caratteri, esse le assumono col loro venir ad esistere. Questo è ciò che s'intende con la proposizione kantiana: la sensibilità e l'intelletto danno alle cose spazio, tempo, categorie.

Tale il realismo che sta in fondo al pensiero di Kant; tale la elementarissima concezione a cui la sua faticosamente elaborata dottrina, con più riposti termini, mette capo. Realismo che diviene anzi materialismo, quando Kant riconosce che l'unico quid permanente a cui possiamo applicare la categoria di sostanza (ossia ciò che è sostanza) è la materia, e che, non potendosi all'anima applicare la categoria di sostanza, perché a tal uopo occorre che la percezione ci offra alcunché di permanente, e questo nel senso interno non c'è, così la permanenza dell'anima si riduce alla permanenza del corpo. Perciò avviene che Kant tanto spesso insista nel dichiarare che per lui i fenomeni hanno valore obbiettivo, cioè esistono fuori della nostra rappresentazione di essi; che egli affermi che la percezione dell'alcunché di permanente implica «una cosa fuori di me» e non «la semplice rappresentazione d'una cosa fuori di me»; che infine (esattamente come il Mill) dica che esistono certo fenomeni o cose senza che siano effettivamente o attualmente percepiti, e il loro esistere così significa il loro poter essere quando che sia percepite («das wir im Fortgange der Erfahrung auf eine solche Wahrnehmung treffen müssen»), e che il concetto dell'esistenza, pure indiscutibile, degli oggetti non mai percepiti, è «il pensiero d'una possibile esperienza nella sua assoluta completezza». Se si guarda bene in fondo si vede che Kant è una mente, da un lato dominata dall'evidenza dell'empirismo, dall'altro riluttante, per la sua educazione religiosa e l'influenza subita dal razionalismo leibniziano, ad accoglierlo con esplicita franchezza; e che quindi cerca, per vie equivoche e traverse, di far salvi questi suoi preconcetti razionalistici e religiosi pur accanto all'irresistibile evidenza con cui l'empirismo gli si impone. Così, e solo così, si spiega l'ambigua multeralità del suo pensiero.

Or dunque, poiché dire che spazio e tempo sono forme delle cose o dire che sono forme dello spirito, è assolutamente lo stesso, non è questa questione che importa. In ogni caso sono modi con cui il diverso e il contraddicentesi può venire alla luce, forme della contraddizione, ossia dell'assurdo, forme soltanto con le quali una realtà consistente nell'essere di continuo diversa da sé, nel contraddire se stessa, cioè nell'essere irrazionale, poteva spiegarsi. Sono le condizioni d'una realtà assurda e la prova che è assurda. Sono le categorie dell'assurdo.

E, si badi, la constatazione di questo assurdo ultimo è precisamente quella a cui finisce per far capo perfino il pensiero d'uno dei maggiori propugnatori della filosofia dei valori, il Windelband, quando egli conclude col dover riconoscere che rimane un enigma insoluto (ungelöste Rätsel): come mai la realtà intemporale abbia bisogno d'una realizzazione nei processi temporali o perché ammetta un accadere nel cui corso temporale ha luogo qualcosa di diverso dall'essenza propria di essa. Noi non concepiamo (egli confessa) perché ciò che è debba anche divenire e ancor meno perché accada qualche altra cosa da ciò che in sé è intemporale. Se nel processo si realizzano valori eterni, perché non sono essi reali fin da principio nella loro intemporalità? E se, invece, il processo realizza soltanto interessi temporali d'una specie animale destinata a scomparire, come possiamo noi parlare di valori che si siano in ciò manifestati con validità intemporale? Né il Windelband può a meno di dichiarare, proprio nell'espressione conclusiva del suo pensiero, che la realtà è in sé scissa («Durch die Wirklichkeit geht ein Riss»); che in essa, accanto a valori che si realizzano, permane l'oscura potenza di ciò che è indifferente o contrario ad ogni valore; che non si può concepire come la realtà (Dio) si sia spaccata in una tale dualità, con cui essa contraddice a se medesima; e che la dialettica, la quale, da Proclo a Hegel, cerca di risolvere il problema col riconoscimento della necessità del momento negativo nel processo di tesi, antitesi e sintesi, mediante cui l'Uno si dualizza e torna in sé, non ha fatto altro se non precisamente fissare e descrivere ciò che si constata, ma non già comprenderlo e spiegarlo (e quest'è, aggiungo io, la pecca accentuatasi fino alla comicità nelle odierne filosofie nostrane ispirantesi più o meno allo hegelianismo). «Es liegt im Wesen der Sache, dass dies letzte Problem unlösbar ist». Anche la filosofia dei valori è così costretta a riconoscere scetticamente l'insolubilità di questo problema supremo e l'assurdo insito indelebilmente in una realtà condizione essenziale della cui vita è il diffondersi nello spazio e lo svolgersi nel tempo.

VII

LA STORIA È CASO

Perciò la storia, poiché non è che vita ed esplicazione d'una realtà irrazionale, non può essere, e non è, che una serie di casi ossia di assurdi.

La veramente profonda teoria del caso di Ardigò si applica non solo alla natura, ma anche alla storia, com'è ovvio, poiché la natura (secondo risulta dall'identità stabilita tra vita e storia e vita e realtà, e come dirò meglio fra poco), la natura stessa non è che storia. Tale teoria io intendo così. Perché non ci fosse caso, bisognerebbe che l'universo avesse avuto una situazione iniziale unica determinata, che si fosse poi svolta secondo le potenzialità o gli effetti necessari dei fatti precisabili in essa contenuti. Ma tale situazione unica iniziale determinata e precisabile o principio determinabile delle cose (o piano) non esistette mai. Poiché in ogni suo istante l'universo fu costituito non mai di un complesso di fatti determinato, precisabile, designabile, ma di infiniti fatti o punti in corso diversissimo di sviluppo, quasi a dire di infiniti differenti universi in stadi i più svariati di processo, da ognuno dei quali infiniti su ciascuno degli infiniti altri, si esercitano in ogni momento innumerevoli azioni causali. Quindi il corso che l'universo ed ogni singolo fatto di esso, nell'esercitarsi di queste infinite azioni causali, ad ogni prossimo momento sarà per prendere, è indeterminabile assolutamente ed in sé, non, cioè, solo rispetto alla nostra conoscenza, ma anche rispetto alla coscienza che di sé come totalità l'universo possedesse: nemmeno il mondo stesso, vale a dire, potrebbe sapere in ogni momento dove va, poiché non c'è in esso nessun piano precostituito. Ad ogni istante sotto l'opera delle infinite azioni causali che da ogni punto su di ogni punto dell'universo si sferrano, in ciascun punto si abbozza un piano di svolgimento, si accenna una direzione di sviluppo. Ma in un momento successivo, sempre per opera delle infinite azioni causali che si incrociano, quel piano e quella direzione deviano, e si abbozza un piano e una direzione diversa, che, ancora, sotto l'urto delle infinite azioni causali che si susseguono, devia per dar posto a una terza direzione, e così di continuo: precisamente come l'acqua di un ruscello ad ogni momento abbozza, accenna, prende una direzione che ad ogni momento è alterata e deviata dai sassi del letto. Ad ogni istante si forma un equilibrio nuovo, che è sempre equilibrio, ma sempre trovato e scaturito al momento per l'azione delle infinite forze al momento operanti, e non mai predisposto. La linea di percorso che l'universo e i suoi fatti hanno seguito, è dunque un ordine, ma uno degli infiniti ordini che erano possibili. Ordine necessariamente determinato, una volta realizzatosi, ma che nell'atto del suo realizzarsi si produce, ad ogni istante, in quella forma e in quella direzione per puro caso. Dopo che i fatti sono avvenuti, insomma, noi abbiamo ragione di dire che essi sono stati determinati con ferrea necessità dalla concatenazione causale; ma prima che i fatti accadano, poiché non sono precontenuti in nessuna precedente situazione determinata e precisabile o piano, il loro modo e il loro corso è assolutamente casuale perché ad ogni puntuale momento fatto e disfatto, costrutto, distrutto, mutato, deviato, dall'operare di infinite azioni causali non prevedibili assolutamente e non designabili. L'universo, adunque, visto da ogni momento all'indietro risulta assolutamente necessitato, visto da ogni momento all'innanzi assolutamente causale. La necessità (come si può anche esprimere la cosa) sta nella «legge», nelle «proprietà»; il caso nell'accadere effettivo (sotto determinate condizioni ogni acqua si trova, per dir così, costretta a divenir ghiaccio, ma se quest'acqua si troverà sottoposta o no a quelle condizioni dipende da casi; ogni corpo cadendo, non può non cadere secondo la legge di gravità, ma se questo corpo cadrà o no è una circostanza causale). Ossia, come si può altresì esporre tale concezione, ogni fatto che avviene si aggancia con infrangibile necessità alla sua causa; ma il fatto causa poteva agganciarsi a quello come a infiniti altri fatti diversi, che, invece di quello, gli fossero stati, per così dire, gettati dinanzi dalla situazione o dal moto in ogni momento imprecisabile assolutamente dell'universo; e ciascuno di tali fatti diversi ne sarebbe stato allora ugualmente il necessario effetto. Diciamo la cosa con parole del Lotze. Le leggi universali ci parlano «solo di ciò che dev'essere, nel caso che qualche altra cosa ci sia, e ci mostrano che cosa segue inevitabilmente a condizioni, circa il cui presentarsi ci lasciano interamente nel dubbio. D'altra parte, nessuna di quelle percezioni (Anschauungen), che ci mostrano le fattezze effettive della realtà, ci fanno apparire questa come necessaria; per quanto sia difficile alla nostra immaginazione di liberarsi da quelle forme dell'essere e dell'accadere a cui la totalità dell'esperienza ci ha abituati, pure noi sentiamo che in esse non c'è alcun fondamento della loro inevitabilità: esse potrebbero anche non essere, o essere diversamente da quel che sono». E altrove il Lotze accenna che il «regno delle leggi a cui sembra che la realtà si conformi, non è in vero una necessità preesistente a cui la realtà susseguente potesse adattarsi», ma piuttosto l'unica realtà è la natura creatrice, e le leggi meccaniche non sono se non il modo di agire scaturente dalla sua stessa attività: siamo noi che, come ci riesce di fare, stante la loro costanza, le isoliamo dai singoli casi e le pensiamo come una necessità e un limite esterno posto in precedenza alla realtà della quale invece non sono se non l'intima natura.

Ma, per tornare ad Ardigò, vogliamo illustrarne la teoria del caso con qualche esempio che la chiarifica assai bene e ne conferma la verità.

Se, mentre tu stai per entrare di notte in un vagone di prima classe vuoto, l'amico che ti ha accompagnato alla stazione ti dice più o meno seriamente: «bada, potresti essere assassinato», tu scoppi in una risata, entri tranquillamente nel vagone e ti poni pacificamente a dormire.

Vuol dire che scorgi chiaramente che non c'è a priori nessuna connessione causale necessaria tra il tuo trovarti in un vagone di notte da solo e il venir assassinato.

Ma se poi l'assassinio avviene, allora, a posteriori cioè, questo fatto apparisce a tutti connesso con necessità causale con l'esserti trovato solo nel vagone, ossia apparisce essere dalla legge universale di causalità agganciato necessariamente con ciò.

Che andando a far una gita in automobile, tu sia sfracellato, ti pare impossibile, tanto è vero che vi sali contento e tranquillo: cioè, anche qui, non v'è a priori nessuna concatenazione causale necessaria tra la gita e lo sfracellamento: se vi fosse, questo non sarebbe stato forse anche necessariamente preveduto? È solo quando lo sfracellamento è avvenuto che esso risulta, non solo possibile, ma, date le circostanze in cui il fatto si è svolto, necessario. Così infinite cose (un furto per aver lasciato la casa momentaneamente sola, un'aggressione subìta in una via da cui si passa ogni giorno, ma per caso allora deserta, e simili) ci sembrano o ci sono sembrate impossibili (cioè non concatenate con necessità causale con nessun antecedente) finché non ci sono veramente accadute. Solo con l'esserci accadute ci si svela, come al sollevarsi d'un sipario, che esse potevano davvero, anzi dovevano, accadere: ossia, si forma la concatenazione causale.

La dottrina ardigoiana della causalità casuale e in generale quella positivista del determinismo a posteriori e non a priori è illustrata luminosamente da questi piccoli esempi.

Non c'è, adunque, nessuna predisposizione nelle cose. Ogni fatto si concatena con un altro causalmente, ma a caso: cioè senza che nessuno (nemmeno le stesse cose, se potessero pensare, nemmeno l'universo stesso, supposto cosciente, nemmeno un Dio) possa previamente stabilire – e proprio perché è nelle cose stesse che tale previa precisazione non c'è – se quello si concatenerà causalmente con questo o con uno dei mille altri con cui può del pari causalmente concatenarsi. In parole quasi teologiche: solo la prescienza da parte di un'intelligenza perfetta e completa (Dio), reale o supposta, toglierebbe il caso; e, insieme, toglierebbe (non ostante tutti gli sforzi di raziocinio fatti dai teologi su questa questione) la libertà. Eliminata la prescienza, non solo reale, ma anche possibile; stabilita l'impossibilità, assoluta ed in sé, di saper prima; poiché ciò vuol dire imprecisabilità assoluta ed in sé dell'accadere, resta ripristinato il caso e (identificata ad esso) la libertà; libertà, forse però, come per Spinoza (pel quale libera è soltanto la Natura nella sua essenza, o Dio, ma rigorosamente determinati tutti i suoi modi; pel quale, dunque, «in verità c'è un solo essere libero: la prima, unica, interna, libera causa di tutte le cose, o Dio»); come per Schopenhauer (pel quale libera è la «volontà» perché come totalità essa non ha motivo, non i singoli individui volenti che sono mossi con necessità dai loro motivi; libera è la volontà totale, perché cosa in sé sottratta alla categoria di causa, non le sue individuali incarnazioni, perché fenomeni sottoposti ad essa categoria), e, se si guarda in fondo, come per tutti gli idealisti tedeschi e per Bergson, libertà appartenente al corso dell'insieme, non appartenente agli elementi individuali di esso e al corso di questi. «Se si conosce completamente la natura della cosa» scrive Fichte «o la legge secondo cui essa si comporta, si può predire in eterno come essa si manifesterà. Invece ciò che avverrà nell'Io, dal momento in cui è diventato Io e finché rimane veramente un Io, non è predeterminato ed è assolutamente indeterminabile». Alla luce della concezione ardigoiana del caso è tutto l'universo, la natura stessa, che è visto esattamente come qui Fichte scorgeva l'io. Anzi, come Fichte scorgeva qui l'io, l'intera natura è vista da tutta la nostra mentalità contemporanea imbevuta di «evoluzione creatrice» (senza contare che già come concepita dal De Vries l'evoluzione degli organismi viventi è precisamente quella serie «costituita da salti», e che «procede a dir così, a scosse», la quale, secondo Fichte, è propria delle «determinazioni libere» in contrapposto alla serie naturale che invece «è continua», e in cui «ciascun anello opera tutto quello che può»). Cosicché la concezione ardigoiana del caso e quella generale evolutivacreativistica della natura tolgono il carattere distintivo che Fichte credeva scorgere nello spirito in contrapposto alla natura, perché collocano in quest'ultima quella indeterminabilità, casualità (libertà) che, secondo lui, era propria soltanto del primo. – A stregua della concezione ardigoiana, adunque, il futuro è casuale, o (per usare l'espressione del Renouvier) assolutamente ambiguo. Non c'è fato né finalità. Non c'è una necessità logica precedente dell'accadere degli eventi in un senso o in un altro. Come avevano benissimo veduto Hume e Leopardi, tale necessità non è che (in linguaggio kantiano) una Gedankending, un ens rationis, un disegno che la nostra mente compone nei fatti quando sono già avvenuti, precisamente come il disegno regolare che il nostro occhio scova e compone ad arbitrio nei ghirigori d'una tappezzeria, o il ritmo che il nostro orecchio riesce a comporre nel romore del treno in corsa. Ma nell'accadere dei fatti non v'è che il loro semplice accadere, non anche questa precedente necessità logica del loro accadere così o così, la quale, determinazione mentale com'è, può tanto poco essere insita in fatti per sé muti e ciechi, quanto poco può essere insita in una nuvola la figura d'uomo o di animale che, fissando con una certa intenzione la nuvola stessa, noi vi scorgiamo.

Il punto di cui, per penetrar bene lo spirito di tale dottrina, bisogna immedesimarsi, è precisamente questo, che l'esservi una previa necessità è la stessa cosa dell'esservi una mente che vegga con certezza prima dell'accadere e dica: «questo avverrà necessariamente così». È dunque lo stesso che l'esservi all'inizio o nel fondo delle cose una mente che veda in precedenza il loro andare e possa affermare che esso si opererà necessariamente in un certo senso. Tolta questa mente, tolto quest'occhio che con certezza veda previamente come le cose accadranno, ridotte le cose senza quell'occhio, ossia assolutamente cieche, come potrebbe esservi una necessità? Questa non è se non la constatazione che fa una mente, la mente che vede con certezza in precedenza il corso degli eventi. Sparita tale mente, non c'è più necessità, come non c'è colore prima o senza dell'organo visivo. Vedo che le acque d'un ruscello hanno disposto alcuni sassi sul greto in modo da formare il disegno d'una stella. Il disegno c'è, in sé, nelle pietre, anche prima o senza che nessuno le guardi? E come? Il disegno sta in un rapporto di posizione delle pietre l'una rispetto all'altra. Questo rapporto c'è forse se non c'è in e mediante un organo visivo? È forse avvertito dalle pietre? Ora, l'identica cosa vale anche per la necessità (per il «disegno») dell'accadere universale. Epperò la concezione comune secondo cui la necessità meccanica impera nelle cose della natura, la libertà in quelle dello spirito, andrebbe, se mai, rovesciata: nessuna necessità là, mentre la necessità, se mai, comincia qui dove sorgono previsioni, ragioni e motivi. Ma, intanto, questa eliminazione della necessità, a cui i razionalisti, i credenti nel Logos o nello Spirito assoluto, non possono, non ostante gli sforzi e le parole, mai pervenire (poiché per essi c'è, in una o nell'altra forma, quella mente che sta in fondo alle cose, vede e provvede, da cui appunto la necessità scaturisce), questa eliminazione della necessità si opera ovviamente nel positivismo da Hume a Mill, il quale ultimo pure, sulla scorta della dottrina della causa e della necessità stabilita dal primo, mette in luce che se per necessità s'intende qualcosa di più della mera sequenza costante e incondizionata, se s'intende per essa una più intima connessione, un qualche vincolo particolare, una qualche misteriosa coazione o compulsione esercitata dall'antecedente sul conseguente, essa non esiste affatto e «It would be more correct to say that matter is not bound by necessity, than that mind is so». Si opera inoltre, quell'eliminazione della necessità, nel positivismo per mezzo dello Huxley, il quale, con ancor maggiore vivacità, stabilisce che essa non è se non un'ombra proiettata dal nostro intendimento e che non ci è affatto lecito cambiare il «sarà» in un «dovrà essere»: sin qui l'esperienza ci ha mostrato che i gravi non sostenuti cadono e abbiamo ogni ragione di credere che ciò continuerà anche in avvenire; ma se invece di dire «cadranno», diciamo «devono cadere», introduciamo illegittimamente nel concetto di legge (che non è se non pura constatazione di accadimenti uniformi) l'idea di necessità che non si riscontra certo nei fatti osservati. Infine, presso di noi, quell'eliminazione della necessità si opera, sempre nel campo del positivismo, magistralmente per mezzo del Tarozzi, secondo il quale ogni fatto è una «risultanza sui generis», «è spontaneo ed originario, essendo ad esso posteriori la generalizzazione che ne fa una legge, le somiglianze che per esso avvengono nella mente umana, la successione temporale».

La conseguenza inevitabile, però, di questa eliminazione della necessità è soltanto quella a cui è pervenuto Nietzsche. Le cose, per essa, ridiventano libere, danzano con capricciosa libertà ai piedi del caso. «Su tutte le cose sta il cielo Caso, il cielo Incolpevolezza, il cielo Accidente. Per caso: questa è la più vecchia nobiltà del mondo che io restituii a tutte le cose, liberandole dal giacere in schiavitù sotto il fine. Sopra esse ed in esse non vuole nessuna eterna Volontà; e in luogo di tale Volontà posi la pazzia, quando insegnai: una cosa è per sempre impossibile: la razionalità. L'eterno ragnoragione e l'eterna ragnatela di ragione, non esistono affatto». – Vale a dire, com'è evidente: la necessità è una cosa sola con la prevista infrangibile concatenazione logica, con la razionalità una, indeviabile, che ha una sola linea possibile di processo. Sparita la necessità, sparisce anche la razionalità (che non è se non un altro nome di essa) e resta sgombro il cielo all'irrazionale ed al caso. Razionalismo significa: previa concatenazione delle cose e degli accadimenti per modo che ogni anello della catena, ogni fase, contenga già in sé in forma potenziale, con inflessibilità infrangibile, univoca, non deviabile, tutti gli anelli o fasi successive (cosicché se quell'anello o fase fosse cosciente conoscerebbe previamente i successivi): quindi determinismo, anzi fato. Indeterminismo, cioè il fatto che il corso sia in sé, assolutamente inconoscibile e indeterminabile in precedenza, significa «libertà», ma, insieme, inscindibilmente, caso, irrazionalismo.

Ma, per tornar ora più particolarmente alla dottrina di Ardigò, essa è in sostanza la traduzione e la soluzione in termini scientifici del problema che stava in fondo al pensiero di Leibniz quand'egli (esprimendolo con linguaggio ancora scolastico) si sforzava di coordinare la necessità assoluta o incondizionata con la necessità ipotetica o condizionata, le verità necessarie ed eterne delle quali non si può pensare il contrario e delle quali poneva a base il principio di contraddizione, con le verità di fatto o contingenti o casuali, delle quali il contrario è possibile, e a cui egli poneva a base il principio di ragion sufficiente. Il principio di ragion sufficiente significa che tutto ciò che è, poiché è, deve avere una causa. Il principio di contraddizione significa che è necessario ciò di cui è impossibile, senza contraddizione, pensare il contrario. Nei fatti, negli eventi concreti, singoli, domina il principio di ragion sufficiente (poiché sono, hanno una causa); ma per nessuno di essi vale il principio di contraddizione (che cioè il loro contrario implichi una contraddizione); tale contrario è invece sempre possibile. Siffatto ragionamento del Leibniz è, come si vede, il medesimo che l'Ardigò trasporta dalla forma scolastica alla forma positivista.

La dottrina d'Ardigò risolve ancora nell'unica via possibile e fuor degli equivoci, il problema che si era posto anche Kant. Questi scorse bene che, mentre da un lato v'è nella nostra conoscenza delle cose alcunché di necessario (le leggi universali fondate sulle categorie), d'altra parte constatiamo che gli oggetti della conoscenza empirica sono determinabili in vario modo, «cosicché nature specificatamente diverse possono essere cause in guise infinitamente molteplici», le quali dunque per la nostra conoscenza sono casuali (zufällig) e casuale quindi l'unità della natura. Questa unità della natura (il principio assegnabile delle cose d'Ardigò), la totalità della natura, il coordinamento delle sue leggi particolari sotto una legge unica, non è dunque constatabile, non può essere oggetto d'un nostro giudizio «determinante», ossia d'un giudizio che ci dia una conoscenza, non può essere oggetto di conoscenza, oggetto sussunto nelle categorie, rivestito delle forme della conoscibilità, cioè dell'esistenza: vale a dire è irreale, non esiste. La totalità del mondo, cioè, non si può percepire, non è oggetto di percezione, dunque non si può applicarvi le categorie, le quali fanno conoscere solo ciò che è percepibile e senza la percezione sono vuote; dunque non è afferrabile dalle categorie conoscitive e perciò è fuori della sfera di ciò che esiste, di ciò che è fatto. Ma, soltanto per nostro uso, e a soddisfazione d'un nostro bisogno, il nostro giudizio «riflettente» (ossia quello che non ci dà conoscenza d'oggetti, ma è un puro e semplice modo di contemplare le cose, un giudizio di valutazione, un giudizio per cui sottoponiamo un oggetto al punto di vista d'una nostra valutazione) ammetterà che ciò che è casuale pure vada ravvisato come contenuto nell'unità d'una coscienza possibile (mögliche Erfahrung), in altre parole come pensato e previsto da un'ipotetica onnicoscienza, come interamente deducibile da ogni suo precedente stadio di conoscenza. Pensando che la natura specifichi le sue leggi conforme il bisogno del nostro intelletto di ricondurre il particolare sotto il generale, noi non affermiamo, dice Kant, che essa si comporti e debba comportarsi effettivamente così; ma, sia la natura, riguardo le sue leggi universali, costituita come vuole («mag ihrem allgemeinen Gesetzen nach eingerichtet sein wie sie wolle»), applichiamo ad essa quel nostro pensiero perché solo così possiamo approdare a qualche conoscenza (e ciò è in sostanza dire: quel poco della natura che possiamo conoscere, lo conosciamo solo in quanto possiamo subordinare una legge all'altra e ritenere che la natura si specifichi o ordini ad unità per la nostra conoscenza, e solo nella sfera in cui ciò è possibile). La «specificazione della natura» è in realtà casuale per Kant come per Ardigò; la proposizione di Kant che l'unità della natura non può essere oggetto d'un giudizio determinante dice l'identica cosa della proposizione d'Ardigò che non esiste un principio assegnabile delle cose. La differenza tra i due (a tutto beneficio del secondo che elimina così l'equivoco posto dal primo, quello vale a dire che ciò che non è suscettibile delle categorie della conoscenza, ossia della conoscibilità, ossia della realtà, pure lo si possa, anzi lo si debba, pensare come possibile) sta in ciò che Kant, malgrado questo, concede la possibilità, in via di mera ipotesi, però concepibile, che il principio delle cose o lo stato complessivo in cui l'universo in un dato momento si trova (l'unità della natura) si possa supporre nella sua totalità pensato, saputo, contenuto da una coscienza; e consente quindi la supposizione che dall'immaginata conoscenza che questa abbia di tal principio o stato sia possibile raffigurarsi che tutti i successivi particolari eventi del mondo siano deducibili. Vale a dire. La maniera teleologica di considerare le cose, secondo cui tutto ha un fine e nulla è a caso, pur non costituendo per Kant una conoscenza (un giudizio determinante) è però un modo valido con cui guardiamo l'insieme della natura. Poiché, cioè, noi, nella spiegazione di questa, saliamo lungo un'infinita serie di effetti e cause, ma non riusciamo a spiegare mediante la causalità meccanica la totalità stessa di questa serie; così, quantunque non possiamo sapere che tale totalità, ossia la totalità della natura, abbia una finalità (anzi dobbiamo escludere che finalità esista in ciò che entra nelle categorie, che è oggetto di giudizio determinante, vale a dire nella realtà, e quindi riconoscerla inesistente in quanto fatto e nei fatti), pure siamo autorizzati a supplire a quell'impossibilità di spiegazione meccanicamente causale e a questa mancanza di sapere, mediante un atto di fede, in virtù del quale consideriamo la natura nel suo tutto come un prodotto teleologico, che abbia una finalità (morale), e che sia quindi pensato e con ciò generato da un'intelligenza «intuitiva», ossia da un Dio, dalla cui conoscenza d'ogni momento della totalità dell'universo tutti i particolari d'ogni momento successivo di questo siano contenuti e deducibili, con ciò venendo meno in essi il carattere di casualità. L'Ardigò, invece, si rifiuta giustamente di supplire a quella mancanza di sapere con un puro atto di fede. Poiché non v'è (come anche Kant riconosce) un'«unità della natura», ossia un principio assegnabile delle cose, poiché quindi non v'è un punto o stato o stadio precisabile, determinabile, fisso, da cui prendere le mosse, così non è per l'Ardigò, e giustamente, ammissibile, nemmeno in via di mera possibilità o supposizione, immaginare che un tale punto determinabile, iniziale, o un tale stadio precisabile (poiché non ci fu mai) sia stato o sia presente in una coscienza comunque raffigurabile, e perciò supporre, anche come semplice concessione di generica possibilità, operabile una deduzione degli eventi successivi da tale presenza, in siffatta coscienza ipotetica, di esso (inesistente) principio o stadio totalmente determinato delle cose.

Finalmente, la dottrina di Ardigò è quella stessa che, colorendola spiccatamente di libero arbitrio e di teismo (com'è perfettamente possibile fare perché caso e volontà o libertà o arbitrio divino si identificano), trasse dal precedente idealismo il Weisse. Secondo il quale, la necessità logica, che permette unicamente di ricavare concetti da concetti, può solo condurre a stabilire schemi universali del possibile e a separare questo dall'impossibilità. Ma la logica non giunge a riempire questi schemi col loro reale contenuto, cioè a produrre la vera realtà. A tal uopo occorre un libero atto di effettuazione, che ha luogo anzitutto nella divinità, per la quale le necessità logiche, ossia le forme della possibilità dell'Essere, costituiscono la semplice cornice, che, senza venir infranta, è riempibile variamente, a libera decisione e volontà della divinità stessa, col materiale concreto dei fatti, degli eventi, delle cose.

Non è del resto fuor d'opera rilevare a questo punto come già in generale l'elemento «caso» resti ineliminabile anche nelle filosofie razionaliste e idealiste. Perché abbiamo queste o quest'altre sensazioni, perché questo o quest'altro materiale sensazionale amorfo sia offerto alle forme (queste soltanto necessarie) dello spazio, del tempo e delle categorie, è, per la critica kantiana della ragion pura, circostanza non spiegabile, meramente casuale; anzi, in essa critica, le sensazioni non ancora diventate «intuizioni», le sensazioni come materiale con cui queste si formano, sono un mero dato che c'è perché c'è e che non si vede donde provenga. L'inesausta fecondità della natura è, per Hegel, unicamente la prova dell'incapacità della natura stessa di adeguarsi interamente e senza residui all'idea logica di cui essa è l'esteriorizzazione; e tale sua immensamente varia produzione di forme individuali con cui essa si sforza di realizzare l'idea, non ha alcuna ragione per avvenire con le particolarità con cui avviene, e avviene con tali particolarità solo per caso. Ancora più spiccato l'elemento «caso» rimane nella dottrina di Fichte. Per lui (uso i concetti della seconda fase della sua filosofia) l'io assoluto o volontà eterna genera in sé (o fa se stessa) l'io finito mediante l'«urto» che lo limita e lo rende appunto finito, cioè soggetto limitato e distinto da un oggetto, soggetto cui fronteggia un oggetto, il quale però è suscitato o creato nello stesso soggetto finito, come sua rappresentazione, nella sua coscienza, «in unseren Gemütern» (col che la posizione di Fichte si identifica a quella di Berkeley, con un mutamento semplicemente di parole; per il primo, l'io assoluto genera con l'«urto» in sé l'io finito e in questo come ad esso di fronte il mondo quale sua rappresentazione; per il secondo, Dio suscita in noi in modo regolare e costante quelle percezioni che chiamiamo mondo esterno). L'«urto», dunque, è nella filosofia di Fichte ciò che le teologie chiamano la creazione del mondo. Poiché è in seguito a quello che l'io la opera; e la opera per mezzo dell'immaginazione produttiva che agisce in istato di incoscienza, evoca incoscientemente cioè il fenomeno del mondo esteriore, che poi l'io prende, appunto perché generato dalla sua immaginazione in istato d'inconsapevolezza, per qualcosa di estraneo a sé. Un mondo sensibile ci deve essere, perché è condizione necessaria dell'autocoscienza, perché cioè l'io sia attivo, sia conoscente, esista. Questo è l'elemento necessario, che si può «dedurre». Ma che ci sia questo mondo, cioè questi particolari nel mondo, quest'albero con tale altezza invece che con tale altra, questo monte con questo pinnacolo invece che senza, ciò è arbitrario, casuale, frutto capriccioso dell'iniziale operare dell'immaginazione dell'io ancora in istato di incoscienza (ossia, quasi a dire, del suo sogno); ciò non ha nessuna ragione per essere così invece che altrimenti, come non l'hanno i sogni, ciò è «indedotto» e indeducibile, è puro caso. – L'elemento «caso» resta dunque inestinguibilmente presente anche nei sistemi della «ragione». Ad esso Ardigò ha dato, con decisiva accentuazione dell'irrazionalismo, la posizione centrale.

Ora le profonde verità della dottrina ardigoiana del caso non hanno tenuto presente quei pensatori i quali pretendono rappresentare la storia come se ogni momento di essa sia quel prodotto del momento precedente che logicamente questo poteva e doveva soltanto dare, quel prodotto che razionalmente esso doveva procreare, che per ragione esso non poteva non effettuare, che la ragione, quasi a dire, lo obbligava a generare (cosicché se ne avesse generato uno diverso, questo sarebbe stato un assurdo, e cosicché sia impossibile razionalmente pensare che esso ne potesse generare uno diverso). Codesti pensatori, e insieme con essi quegli scrittori politici superficiali che, in presenza dei rivolgimenti della vita pubblica, ripetono banalmente: «ciò che è reale è razionale», ossia: il fatto c'è, dunque è logico che ci sia, dunque è inutile protestare contro di esso, dunque è vano almanaccare se e come esso avrebbe potuto essere altrimenti – tutti costoro confondono, per dirla in linguaggio tecnico leibniziano, il principio di ragion sufficiente col principio di contraddizione. Il vero è, invece, che anche nella storia ogni fase di essa è un mondo di infinite possibilità. La situazione successiva a tale fase si concatena ad essa con necessità causale; ma tale fase precedente avrebbe potuto concatenarsi con uguale necessità causale a infinite altre situazioni diverse (cioè generarle) e si è concatenata con questa per puro caso. Così solo si spiega come il pensiero della presenza del caso – il pensiero che la storia dell'umanità, la storia dei singoli popoli e la stessa nostra storia individuale è determinata ad ogni istante da circostanze incalcolabili, impreviste e imprevedibili, sbucate fuori in modo improvviso e cieco –, il pensiero (per dirla con la bella espressione del Windelband) che «v'è nel fondo delle cose qualcosa di incalcolabile, qualcosa di misterioso, che è là, su cui poniamo le mani e che pur non possiamo afferrare»; che «nel profondo del dedotto giace un indeducibile di cui non sappiamo se non: ciò è» – questo pensiero della presenza del caso rimanga insommergibile in ognuno di noi pur accanto alla nostra assoluta certezza della causalità universale e della «legge», e costituisca, quasi a dire, un residuo che in questa non vuol affatto risolversi. E la medesima cosa è vera per la storia del pensiero. Ogni fase della storia della filosofia è un mondo che contiene infinite possibilità di direzioni diverse. È puramente per caso (il caso, per esempio, che sorga una mente poderosa la quale sia determinata dal suo temperamento ad appassionarsi più per l'una che per l'altra di quelle direzioni; il caso che una mente poderosa sorga piuttosto in una che in un'altra razza, religione, nazione e sia da ciò portata ad accentuare una di quelle tante direzioni possibili in confronto delle altre; il caso, anche, che l'uomo di genio, il quale fa sua una di quelle direzioni, sia ricco, socialmente influente, abbia mezzi di propagare o imporre le sue idee; il caso, perfino, che un uomo trovi un certo o un cert'altro libro su di un muricciuolo), è puramente per caso che una delle infinite possibilità di direzione che vi sono in ogni fase della storia della filosofia sia quella che invece delle altre effettivamente si svolge; è, vale a dire, per caso che un dato pensiero filosofico successivo, invece di un altro diverso, che pure lo poteva, si è concatenato causalmente col precedente, ossia è stato, invece di un altro, dal precedente causalmente generato.

Tutta la storia procede, adunque, per caso, per caso cieco, ossia per assurdi. L'illusione del razionalista è quella che, contemplando egli la storia, per così dire, in senso retrogrado, dal punto in cui egli si trova all'indietro, contemplando la storia già fatta, e scorgendovi dappertutto la concatenazione causale che certo v'è, fantastica che proprio quella concatenazione causale vi fosse già prima, preesistesse potenzialmente all'accadere effettivo (come si può fantasticare che il blocco di marmo contenesse già predeterminata nelle sue linee ideali quella statua che l'artista ricavò, e non qualunque altra); cosicché l'accadere effettivo non potesse aver luogo che secondo quella concatenazione, cosicché la logica e la ragione lo obbligassero previamente a svolgersi soltanto secondo quella; mentre qualunque altro svolgimento l'accadere avesse preso, avrebbe presentata la medesima concatenazione causale. Così il razionalista dimostra dottamente che per logica e ragione la storia doveva svolgersi appunto così come s'è svolta; non avvedendosi che per qualunque altro suo svolgimento che si fosse effettuato, appunto perché vi sarebbe sempre stata in esso la concatenazione causale, sarebbe possibile la medesima dimostrazione che esso cioè era quello che per logica e ragione doveva effettuarsi: il che prova che la logica e la ragione, poiché possono servire a stabilire la necessità d'ogni più diverso svolgimento, non ne dominano nessuno, non ne comandano nessuno, non ci sono in nessuno. Quando lo Spengler dice che «nessuno storico profondo e genuino va in traccia di leggi causali»; quando nega risolutamente che la causalità trovi applicazione nella storia; egli non fa altro che enunciare in forma diversa il concetto ora messo in luce, per vero in modo meno soddisfacente e preciso di quello che è reso possibile dalla dottrina d'Ardigò con la sua congiunzione di causa e caso.

Così la storia, per chi la guarda con occhi chiari, ingenui, trasparenti e spregiudicati, è una serie di avvenimenti che non dovevano accadere, che non c'è nessuna ragione che accadessero, che urta la ragione siano accaduti; cioè di assurdi. E la prova più luminosa ce l'offre uno dei fatti più grandi, momentosi, predominanti che la storia dell'Occidente presenti.

La risposta che, in una novella di A. France, Pilato, funzionario in ritiro, dà al vecchio amico incontrato ai bagni di Baia, che lo interrogava circa un taumaturgo di Galilea messo in croce chissà per quale delitto durante il suo governatorato in Palestina, la risposta: «Gesù, di Nazareth? Non mi ricordo», coglie e mette in luce con tutta esattezza, e con la finezza profonda propria del grande romanziere, il senso, o meglio l'enorme nonsenso dell'avvento del Cristianesimo. Chi non avverte, immediatamente, intuitivamente, quasi d'istinto, al disopra e senza bisogno di dimostrazioni pro e contro, il gigantesco assurdo che v'è nel fatto che da un insignificante per quanto tragico episodio del fanatismo per una religione ignota, singolare, circoscritta, endemico in una delle provincie remote e semibarbare dell'Impero romano, episodio passato così inosservato ai contemporanei da potersi legittimamente rappresentare il funzionario medesimo che vi aveva presieduto come, dopo qualche anno, immemore di esso, sia scaturita una religione mondiale, la religione della parte più civile della umanità; chi presenta, o si lascia presentare senza sentire un'irrefrenabile insurrezione intellettuale, tale fatto incredibilmente irrazionale come lo sbocco razionale del mondo antico, quello a cui il moto spirituale di questo doveva metter capo, non poteva logicamente non metter capo, era naturale, ovvio, indispensabile, mettesse capo; è interamente destituito d'ogni capacità di ricevere dalle cose storiche e dai fatti del mondo un'impressione genuina e indipendente, non ha l'occhio atto a ottenere che gli oggetti sviluppino i loro integri contorni nella sua percezione visiva. E si noti che l'assurdo diventa ancor più saliente precisamente se si ritiene che Gesù sia stato una persona storicamente esistente. Meno male se esso non è se non (come molti opinano) una lenta formazione mitica (o, come per Schopenhauer, il mero simbolo del fatto che la volontà di vivere, attraverso i dolori dell'esistenza, apprende la lezione finale che deve rinunciare, annientarsi, crocefiggersi, e così raggiunge la santità); perché in tal caso si può ancora capacitarsi che in siffatta costruzione interamente ideale l'umanità abbia a poco a poco concentrato tutto il suo senso del divino. Ma che l'idea del divino si sia, per così ampia parte della nostra specie, per così immenso tratto di spazio e di tempo, raccolta e posata su di un personaggio, di cui, se storico, estremamente poco si seppe e si sa, che, nel momento in cui visse, passò, per il grande mondo della sua epoca, del tutto inosservato, e che se è forse più umano per esempio di Socrate, lo è solo perché, mentre questi andò incontro alla morte con l'impassibilità, l'imperturbata serenità, la grazia, anzi il contento, che si esprimono in quel «domani sacrificherete un gallo ad Esculapio», per averlo guarito della malattia della vita, e che sono veramente doti sopraumane o inumane, Gesù invece sentì ed espresse, e con accenti profondamente toccanti (περίλυπός ἐστιν ἡ ψυχή μον ἕως θανάτον Θεέ μον, ἱνατί με ἐγκατέλιπες;), la perturbazione, l'oscuramento, la disperazione che colgono il fragile uomo di fronte alla catastrofe dell'ideale di giustizia per cui aveva combattuto e della sua stessa vita – ciò appunto acuisce tanto maggiormente l'assurdo.

Gli scrittori religiosi dicono che quel fatto fu un miracolo, che appunto la sua inspiegabilità ne attesta il carattere miracoloso. Essi dicono con ciò la stessa cosa che dico io. Perché il miracolo non è che l'assurdo scorto dal punto di vista di chi crede, e l'assurdo non è che il miracolo scorto dal punto di vista di chi non crede. Il tratto comune è che il fatto con quelle due diverse parole qualificato, non è riducibile al metro della ragione, non è risolubile in elementi di razionalità. La tesi degli scrittori religiosi e quella qui sostenuta coincidono dunque nel respingere l'interpretazione degli storici o dei filosofi razionalisti, i quali, nell'atto che pur considerano il Cristianesimo come fatto umano, pretendono dimostrare che esso era precisamente quell'esito del corso spirituale preso dal mondo antico che la ragione scorge e può provare essere il necessario punto d'arrivo cui tale corso volgeva, l'esito quindi unico possibile che con necessità razionale era già insito in quel corso e quasi ad esso predeterminato. Fingendo di non avvedersi che – (nuova esemplificazione dell'esattezza della tesi di Ardigò che ogni fase dell'universo si concatena causalmente coi fatti successivi, ma con quelli qualsiansi che si producono, cioè a caso con essi piuttosto che con altri) poiché innumerevoli altre soluzioni, lo stoicismo, il culto di Iside, quello di Mitra, potevano con uguale connessione causale concatenarsi col corso spirituale del mondo antico; poiché, quindi, la soluzione effettivamente avveratasi, il Cristianesimo, solo per una serie di casi inopinati e di futili incidenti, fu tra le innumerevoli possibili quella che effettivamente vi si concatenò – così, il trionfo del Cristianesimo, se non si pensa che questo sia un fatto divino, ossia un miracolo, non può essere ravvisato che come lo è qui, cioè come un immane assurdo, che nella immensità della sua portata storica dimostra come tutta la storia umana sia in balia del caso, vale a dire non sia che una serie di assurdi.

Perciò, non ostante tutto l'idealismo, lo spiritualismo, il razionalismo, il panlogismo che domina la nostra mentalità, resta indistruttibile il senso che (per usare la nota frase con cui si pretende deridere la tesi qui sostenuta) veramente una maggiore lunghezza del naso di Cleopatra avrebbe potuto cambiare il corso del mondo. La cosa sta proprio così. Quel che già aveva scorto Solone, che cioè l'uomo non è che caso, πᾶν ἐστὶ ἄνθρωπος συμφορή, quel che Tucidide dice, particolarmente della guerra, che cioè ἐς τύχας φιλεῖ τὰ πολλὰ περιίστασθαι, sconvolge tutto a caso, quel che Demostene ripete, ossia che non si sa se una buona situazione possa durare sino a sera, εἰ μενεῖ τοιαύτη μέχρι τῆς ἑσπέρας, quel che Tacito spesso conferma, per esempio dicendo che «casus eventusque rerum... plerumque fortuiti sunt», è immortalmente vero. Come, giunti ad una certa età ci accorgiamo che quella storia in piccolo, che è la nostra vita individuale, è stata plasmata essenzialmente da casi, che potevano essere diversi, quali l'aver vissuto in una città o in villaggio, o in una certa città invece che in un'altra, l'aver scritto una lettera, conosciuto una persona, frequentato un teatro, e che dalle nostre azioni più prudentemente meditate sono scaturite (per quelle «piccole ironie della vita» che l'amaro e profondo sguardo di Th. Hardy vede così di frequente all'opera) le conseguenze direttamente opposte a quelle su cui eravamo certi di poter contare; così un'occhiata alla storia umana basta ad accertarci che innegabilmente una pioggia torrenziale in luogo d'un giorno sereno, una febbre capitata o no a un uomo come Cesare Borgia, l'avere alcuni cannonieri ascoltato o no il comando di Henriot di tirare sulla Convenzione, l'avere o no il re di Sardegna resistito per altri quindici giorni a Bonaparte, «uno comandamento male inteso», «una ordinazione male eseguita», «una temerità, una voce vana, insino d'un piccolo soldato»; una serie di triviali accidenti, come quelli (dal Castelar, che riesce così a dare una sensazione vivissima di questo procedere assolutamente casuale della storia, messi in luce) pei quali abortì il tentativo della fuga a Varennes; l'essere o no caduto in mente (secondo l'interessante «storia immaginaria» da Nerva a Carlomagno, descritta da Renouvier) ad alcuni imperatori della casa degli Antonini di fare certe riforme amministrative, l'avere essi o no restaurata la piccola proprietà, ristretta e poi soppressa la schiavitù, diffusa l'istruzione nel popolo e con ciò respinto il Cristianesimo in Oriente e tra i barbari germani e slavi, chiamati così solo più tardi, dopo averlo purificato dalle superstizioni al contatto della civiltà italiana, ad entrare nel ciclo della storia occidentale; o (come metteva tempo fa in luce, pervenendo in tal guisa alla medesima visuale qui sostenuta, un uomo così esperimentato delle cose del mondo come Lloyd George) il morso d'una scimmia che cagionando la morte di re Alessandro di Grecia alterò la situazione politica ed ebbe quindi effetti decisivi sul nostro presente destino – tutto ciò fu che determinò il come si svolse la storia umana e che, accadendo diversamente, come poteva, l'avrebbe diversamente determinata. «Si Louis XVI»... Così André Maurois intitola quel capitolo d'un suo libro dove svolge il pensiero che esistono innumerevoli possibilità storiche diverse da quelle effettuatesi. Nel paradiso a cui dopo morte approda lo storico di professione c'è l'Archivio delle possibilità non realizzate. «Il y a une infinité de passes qui ont tous des valeurs égales. À chaque moment du temps, si bref que tu le suppose, la ligne des événements se divise comme un tronc d'où partent des branches jumelles. Une de ces branches représente la suite des faits telle que les hommes l'ont connue; l'autre ce que fût devenue l'histoire si un seul acte eût été différent». Così spiega l'angelo che custodisce l'archivio. «Si Louis XVI avait eut un grain de fermeté»... Da questo possibile dato parte una nuova storia di Francia in cui WaldeckRousseau è controllore generale del re Giovanni VI e Aristide Briand cancelliere del re Luigi XXI. – Ed è a fatti meramente casuali e spesso insignificanti, come quelli accennati, che dobbiamo la religione che professiamo, la lingua che parliamo, l'egemonia di questo o quel popolo sotto la quale vivemmo o viviamo, il nostro indirizzo di pensiero, la nostra civiltà. «La nostra civiltà, che noi chiamiamo perfezione essenzialmente dovuta all'uomo, è manifestamente accidentale. Essendo l'uomo diversissimamente conformabile e potendo modificarsi in milioni di guise egli non è tal quale è oggi, se non a caso, e in diverso caso poteva essere diversissimo. E questo genere di pretesa perfezione è una delle diecimila diversissime condizioni cui potevamo ridurci e che avremmo pur chiamate perfezioni». Tutto – e a ciò lo stesso pensiero del Leopardi, in piena consonanza con quello dell'Ardigò, mette capo – tutto procede assolutamente senza ragione, senza che ci sia la menoma ragione perché proceda così anziché altrimenti, senza che in tal procedere sia insita alcuna ragione, cioè in modo assolutamente cieco.

Cieco. Ma che vuol dire? – Il maggior interesse che ricaviamo dalla lettura d'un libro di storia (e così d'un romanzo ben fatto) è quello che deriva dalla pungente sensazione, ad ogni momento incombente, che vi erano varie altre possibilità, che le cose avrebbero potuto andare altrimenti, che a ciascun passo dobbiamo esclamare con passione e sconforto: guarda che disdetta, che fortuna, che caso! Muore in un momento decisivo questo personaggio, che se avesse fatto un passo più lungo o più corto o se il cavallo del suo medico non fosse stato in quel giorno troppo stanco, avrebbe potuto salvarsi; viene perduta questa battaglia che alcuni gradi di più o di meno di temperatura, lo scioglimento della neve, l'ingrossamento d'un fiume, sarebbe bastato a far vincere! Questo è l'elemento veramente drammatico, che c'è in ogni libro di storia. E senza l'oscillarci davanti di queste multiformi possibilità, diverse da quella che s'è avverata, senza siffatta ambiguità del futuro che emerge ad ogni riga d'un libro di storia, questa perderebbe quasi tutto il suo interesse. – Ora, che cosa significa tale pungente e dolorosa sensazione che le cose avrebbero potuto andare altrimenti? Significa che il come sono andate, sotto il dominio di quei casi futili e ciechi, urta il nostro spirito, contraddice la nostra mente. Significa che per questa esse dovevano andare altrimenti. Ossia significa che quel procedere casuale e cieco è per noi sinonimo d'assurdo.

Quasi sempre, infatti, le cause ragionevoli sono quelle che nel corso della storia umana hanno perduto e sono state definitivamente soffocate. Quasi sempre troviamo, al contrario, che elemento costituente della storia e della vita dell'umanità è, ad ogni suo momento, nient'altro che una pazzia diventata abituale. Così, come abbiamo rilevato, quella che san Paolo chiamava appunto «la follia della croce». Così, in generale, le religioni. Poiché ogni religione positiva è dimostrata falsa dalla stessa religione: cioè o dalla religione successiva o dalle contemporanee diverse. Il Cristianesimo ha dimostrato falso il Paganesimo. Il Brahmanesimo e l'Islamismo dimostrano falso il Cristianesimo, come questo dimostra falsi quelli. Ma questa falsità d'ogni religione positiva, accertata dalla stessa religione, è vista solo da alcuni pochi di quelli che vivono nell'ambiente dominato da una data religione, mentre la grande maggioranza ha sempre fermamente creduto alla religione volta a volta presente, e il Paganesimo era ieri per essa quell'assoluta e indiscutibile verità che è oggi il Cristianesimo. Solo dunque quei pochi son coloro che per attestazione della stessa religione (successiva o contemporanea diversa) vedono il vero, cioè la falsità di quella determinata religione. E questo fatto regge rispetto a tutte le determinate religioni: cioè vedono il vero solo quelli che affermano la falsità di ciascuna di esse, come prova il fatto che tale falsità di ciascuna è proclamata dalla stessa religione (successiva, o contemporanea diversa). Ma precisamente questi pochi, che vedono il vero, sono, dall'immensa maggioranza dei credenti in una delle religioni, che pure si attestano false a vicenda, ossia, per sentenza della stessa religione, tutte false, sempre ritenuti essi i pazzi, o considerati come delinquenti, odiati, disprezzati, perseguitati, uccisi. E nulla dimostra più chiaramente che il mondo è destinato ad essere e restar sempre in preda all'errore, alla superstizione, alla pazzia, di questo fatto, che l'affermazione della falsità d'ogni religione positiva, affermazione vera per attestazione della stessa religione (d'ogni religione altra da quella in questione) sia dalla stessa religione proclamata e fatta credere errore, pazzia, immoralità, delinquenza. – Così, per citare un fatto d'assai minore momento, ma non meno significante, l'uso del tabacco, ché davvero, come giustamente osserva Hehn, «che un uso barbarico degli indiani, quello di trarre in bocca mediante una canna o un rotolo compresso il fumo delle foglie disseccate d'una pianta stupefacente, e poi soffiarlo fuori, o di inzepparsi nel naso le stesse foglie ridotte in polvere, sia passato dagli uomini gialli o neri a tutta la terra e abbia potuto radicarvisi, è un fatto che dà molto a pensare»; dà molto a pensare cioè intorno alla pazzia che regolarmente domina la ragione umana; e ciò tanto più se (come si può aggiungere) si rifletta che quell'uso insensato, non solo si è diffuso come contagio oramai inguaribile in tutto il mondo cosiddetto civile, ma per di più è diventato parte essenziale del sistema finanziario di tutti gli Stati e quindi dell'economia pubblica. – Così le istituzioni senza scopo o inette allo scopo, opprimenti, inutili, crudeli, cresciute quasi per forza propria all'infuori del controllo umano, in cui l'umanità di ogni paese e tempo si è trovata impigliata, e che sempre hanno fatto delle cose umane (secondo la bella espressione del Renan) «une étroite prison où, de droite, de gauche, devant et derrière, la tête va se briser contre un mur»; istituzioni ognuna delle quali i popoli riescono, sì, a lungo andare, ad eliminare, ma solo per cadere sotto altre ugualmente affliggenti, ché tali diventano in breve quelle, inizialmente buone, che hanno sostituito le precedenti. L'oppressione dei baroni e dei feudatari fece desiderare ardentemente e determinò l'incremento del potere delle monarchie, che rintuzzò la prepotenza di quelli. Beneficio immenso, di cui tutti erano contenti. Poco dopo alla loro volta le monarchie divennero, culminando con Luigi XIV, oppressive e tiranniche. L'insopportabilità della situazione provocò sforzi e rivoluzioni, da cui uscirono nuove istituzioni, quelle liberali e parlamentari, fra il contento e il plauso universale. E subito anche queste nuove istituzioni divennero intollerabili, incapaci, insufficienti, corrotte, gravide d'una diversa forma di tirannide e d'oppressione. Con cangiamenti, riforme, rivoluzioni, l'umanità non fa che inretirsi in istituzioni, da cui, poco dopo esperimentatele, essa aspira ardentemente a liberarsi; ma non lo può, perché intanto esse hanno assunto una potente forza della loro stessa sola struttura, che resiste per secoli ad ogni tentativo di scalzarle. A liberarsene quindi l'umanità non riesce che dopo secoli; e solo producendo nelle istituzioni che a quelle surroga il medesimo irrigidimento e il medesimo inretimento. – Così, in generale le superstizioni; le pratiche mostruose o irragionevoli quali ci risultano evidentemente essere state quelle dominanti, più o meno, in ogni epoca del passato: ché è guardando le istituzioni giuridiche e politiche, i costumi, i modi di vestire, i rapporti sociali delle epoche del passato (si pensi solo al feudalismo, al suo sistema di pubblico reggimento, ai suoi giudizi di Dio; o ai cicisbei e alle parrucche del Settecento) che siamo costretti ad avvertire come gli elementi costituenti della vita sociale umana siano elementi di assurdo. Non lo vediamo, naturalmente, per l'epoca nostra. Ma lo vedremo – l'umanità lo vedrà – fra poco, quando anche quest'epoca nostra sarà un passato. Vedremo allora –

l'uomo vedrà – con la stessa sicurezza con cui vede ciò per il passato di ora, che anche per l'epoca nostra è vero quel che noi di ora scorgiamo vero per tutte le epoche del passato, quel che è vero per tutta la storia, che cioè l'ossatura di questa è formata di cose pazze o stolte o insensate o senza ragione, trapassate, in modo che l'irrazionalità non vi si scorge più, allo stato di famigliarità ed assuefazione.

«Comment ne pas se rendre à l'hypothèse qui fait sortir le monde vivant d'une série de hasards lourdement censurés par la mort? Hasard et mort grands artisans du monde vivant: voilà où nous mène le mutationnisme moderne. C'est la théorie même des atomistes grecs... Aucun dessin, aucun but, aucune préméditation. Rien n'est voulu, calculé, concerté en vue de quoi que ce soit. Les êtres varient désordonnément au gré de leurs variations chromosomiques, il s'arrangent tant bien que mal des structures dont les a dotés le hasard». – Se la cosa sta così, se l'uomo è nato da un caso, e forse precisamente da un caso (un colpo, una percossa, una malattia) che produsse una dislocazione nei gangli cerebrali d'un pitecoide; se, dunque, per usare un'espressione estrema, la razza umana è sorta da una scimmia impazzita, si capisce che l'istinto profondo e costante dell'uomo sia essenzialmente pazzesco. E infatti, oltre quanto abbiamo ora detto, se la pazzia sta sostanzialmente nel crearsi un mondo di sogno e nel prendere tale mondo per realtà in luogo della realtà visibile e tangibile (l'uomo che si crede imperatore, o dio sole, o fatto di vetro, ecc.); e se da quando ci sono ricordi della storia umana noi vediamo sempre dominare collettivamente appunto questo fenomeno: la creazione d'un mondo di sogno e la credenza che esso sia una realtà più reale di quella che ci sta dinanzi agli occhi; se dal feticismo o animismo primitivo, agli Dei olimpici, alle religioni evolute che li hanno soppiantati, quel fenomeno, il fenomeno tipico della pazzia, continua a ripetersi e a perdurare ineliminabile – come si può spiegare tutto ciò se non con l'ipotesi che la pazzia sia radicata per la stessa origine dell'umanità nel suo istinto più profondo?

VIII

LA STORIA È RIPETIZIONE

Poiché l'universo e in esso l'umanità per non cadere nel nulla, per continuar ad essere, deve essere eterno processo; poiché la fine, la meta di questo, il punto d'arrivo, la stasi, non potrebbe essere che il nulla, e quindi, se eterno è l'Essere, eterno dev'essere il processo; così questo – la storia – non potendo finir mai, non può essere che ripetizione, «corso e ricorso», «eterno ritorno» (un grande Anno del Divenire, che deve sempre di nuovo rovesciarsi come una clepsidra, per poter sempre di nuovo scorrere e vuotarsi), ché in un tempo infinito, lungo il quale deve continuar a svolgersi il processo, tutto necessariamente ritorna.

Ciò che fu torna e tornerà ne i secoli.

Poiché la storia e il tempo non sono che l'eterna fuga dall'eterno presente dell'assurdo e del male, ma fuga vana, appunto perché questo resta eternamente presente, perché segue l'umanità in tale sua fuga, perché l'umanità lo trasporta nella fuga con sé, proprio come in Orazio le cure salgono con noi nell'aurata trireme su cui salpiamo per allontanarcene; così la storia non può che essere sempre la stessa cosa, cioè il permanere nell'assurdo e nel male.

La storia è infatti sempre novità e sempre ripetizione. Paradosso apparente e che facilmente si risolve. Il suo moto è un moto che è stasi. Essa è, come profondamente dice Petrarca della vita dell'uomo, in quel suo potentemente pessimistico giudizio su di essa (della vita o storia dell'uomo individuo, ciò che vale per la quale vale per la storia o vita dell'umanità) «statio instabilis», «manens cursus». Essa è simile ad una cascata montana che, vista da vicino, è animata da un moto incessante e sempre vario, in cui nessuna goccia, nessun rivolo d'acqua ripete mai esattamente la mossa d'uno precedente, ma che, vista a qualche distanza, è un'immobile striscia argentea: con tutto il suo nuovo, non fa che percorrere la stessa linea, si cristallizza anzi, contemplata ora con un certo distacco, in una linea rigida. «Ciò che si presenta di apparentemente nuovo qui, si presenta ora qui perché c'era prima là: come in un piatto della bilancia si produce il fatto nuovo del suo innalzarsi perché ci sono già i pesi sull'altro piatto, o come l'acqua eseguisce il fatto nuovo di salire in un vaso comunicante perché c'è già dell'acqua nell'altro vaso». Perciò il vero senso storico è proprio di coloro che sono tradizionalmente accusati di non averne, come di Schopenhauer, il quale condensava questa concezione della storia nella giustissima affermazione che quando si è letto Erodoto si è letta tutta la storia dell'umanità.

Non vi è momento che più del presente abbia acuito il senso della storicità, il senso dello scorrere, del divenire, della «fluidità». Tutto ciò che, già solo per la generazione precedente alla nostra, era stabile e fermo, è per la nostra diventato «fluido». È questo, sia detto tra parentesi, una vera potente esplosione di romanticismo, nel senso tecnico della parola. E in Italia – dove il romanticismo in principio del 1800 non era punto penetrato, tranne che nel fatto estrinseco degli argomenti presi a soggetto, ma non già nel suo carattere essenziale di Sturm und Drang, non già nel suo spirito, ché si può fare del romanticismo con argomenti classici e del classicismo con argomenti medioevali e cristiani, e il Manzoni era la testa più equilibrata, cioè antiromantica, che si possa pensare –, in Italia, è proprio ora che, sotto la combinata influenza d'una filosofia che è riproduzione del fichtismo e d'una certa psichicità diventata dominante, esso ha fatto irruzione, questa volta sì nella sua forma tipica di Sturm und Drang, come volontà di cambiare la realtà secondo il proprio capriccio e di far quel che si vuole della vita (lo attesta il linguaggio «vita intensa», «dinamismo», «travolgente», divenuto negli ultimi tempi di moda tra noi), come vita ridotta al punto del presente, come spirito concepito, prima nella dottrina poi nella pratica, quale sola realtà ed assoluto presente, come quindi l'impulso del presente che domina sovrano e ha cacciato definitivamente in bando la misura classica nella vita da un lato, nel pensiero e nell'espressione dall'altro, sostituendola con la violenta avventatezza in quella e col più gonfio e caricato secentismo in questi – cioè ha fatto irruzione come diretta conseguenza e specifico prodotto del senso di «fluidità», fattosi dominante nello spirito contemporaneo. Ovvero (se si vuole far capo ad una tradizione nostra) quello che si riaffaccia ora in Italia è un lato dello spirito del nostro Rinascimento, il lato (checché si dica) individualistico, il diventare i lineamenti dell'individuo staccati e spiccati sullo sfondo, la speranza o la certezza dell'individuo di tener in pugno e poter volgere a sua posta le profonde forze fattrici della realtà, il concetto della formazione sociale e statale come (per usare l'espressione del Burckhardt) «opera d'arte», come (per usare le espressioni del Villari) «materia plastica nelle mani d'un nuovo artista», poiché se «Pel Medio Evo lo Stato e la storia erano un'opera della Provvidenza, in cui nulla potevano la ragione e la volontà dell'uomo; pel Rinascimento invece tutto era opera dell'uomo». – E anche ciò, in sostanza, è romanticismo, è quel che poi prese questo nome, scaturisce sempre esso pure dal senso di «fluidità».

Pure tale concetto della storicità e della «fluidità» dominante nella mentalità attuale, diviene, se si guarda bene addentro, la precisa conferma della tesi qui sostenuta, che la storia è in essenza sempre la stessa cosa, sempre identica a sé: tesi che condivideva in sostanza anche uno storico come Boissier, quando osservava che, poiché il fondo sul quale opera il teatro è poverissimo e non riesce a ringiovanirsi che nei particolari, e poiché il teatro è l'immagine della vita, ciò significa «que la vie, qui fournit si peu de situations et de caractères, doit être d'une desolante uniformité».

Alcuni degli scrittori che (come il Rickert o lo Spengler) hanno maggiormente cooperato all'elaborazione filosofica di questo senso della storicità, si sono industriati di separare più nettamente che mai il regno della natura, come regno di ciò che è fisso e rigido, dal regno della storia, come regno di ciò che è «fluido», e di dimostrare che le categorie intellettuali che trovano applicazione in ciascuno dei due regni sono diverse. Ma in realtà, la tendenza complessivamente dominante nella nostra mentalità porta a ciò, che natura e storia restano, anche per il pensiero moderno, anche sotto il dominio del senso di «fluidità», la stessa cosa, com'erano la stessa per un'epoca di pensiero precedente. Alcuni decenni fa si naturificava la storia. Ma oggi, già con Darwin e Spencer e più profondamente con Bergson, si storifica la natura, perché anch'essa diventa processo, evoluzione creatrice, slancio vitale (nomi nuovi per esprimere, come ho già detto, una concezione assai affine, se non identica, a quella che, in fondo anche Spinoza, ma più il Cusano e specialmente Bruno esprimevano con le parole «natura naturans») cioè fluidità. Dunque, natura e storia rimangono sempre unificate. Ma allora ecco che cosa ne consegue.

Tutto è irripetibile nella storia dell'umanità e dell'individuo. Non v'è fatto storico che si riproduca in tutte le sue particolarità, che non sia in qualche aspetto diverso da ogni altro, non v'è azione individuale che sia del tutto identica ad un'altra e non abbia in sé o attorno a sé circostanze esclusivamente sue proprie (donde, sia detto di passaggio, l'insostenibilità dell'universalizzazione kantiana della massima). È vero. Ma lo stesso in natura. Non v'è foglia di quercia né criniera di leone che abbia mai costituito l'esatta riproduzione d'un'altra foglia di quercia e di un'altra criniera di leone. Anche per la natura esiste e scorre il tempo, c'è «direzione», anche la natura ha storia, vive, muta. Non solo una pianta cresce, ma un minerale si conglomera, diviene un masso imponente come l'Impero romano, si decompone, si assottiglia, decade, si sgretola, si dissolve. Si può fare (e da qualche romanziere si fece) la vera e propria «storia» d'un albero e d'un cavallo, come si fa la biografia d'un uomo. Si potrebbe fare la «storia» d'un bosco, d'una società o popolo di piante, come si fa la storia d'una società di uomini, e quella prima storia non sarebbe meno di questa seconda ricca di avvenimenti sempre nuovi, di lotte per il più ampio possesso dell'aria, di vittorie e di sconfitte, di egemonie e sottomissioni, di cadute e risorgimenti. Se una foresta la sapete guardare con senso di penetrazione e immedesimazione, la storia ve la scorgete. Scorgete l'abete isolato crescere basso, largo, grosso, tarchiato, ma gli abeti d'una foresta crescere alti, diritti, slanciati, sottili, nello sforzo, che quello non ha bisogno di fare, per superarsi nella conquista del sole, della luce, dell'aria. E i rami secchi che intristiscono per buona parte quelli che non riescono ad innalzarsi abbastanza, vi dicono che il debole e lo sconfitto nella competizione sociale, resta oppresso, impoverito, ucciso. Si combatte, insomma, si gareggia, si vince e si perde, si costituiscono supremazie statali e sociali anche là. Di più. Ecco un abete che, semisradicato dal vento o dalle acque, pure si abbarbica tuttavia alla terra con una sola radice e quasi interamente secco però dà fuori in cima una fronda ancor verde. Vuol vivere. Non vuol morire. È volontà di vita. Esprime la stessa cosa di quel che esprime un trattato di filosofia che si sforza di dimostrare l'immortalità o impreca contro la natura che ci fa mortali. Esprime cioè la stessa volontà di vivere, che in noi fa suo tramite il ragionamento, una concatenazione di concetti. Poiché (e un altro esempio potrebbe esser quello del mimetismo, che, al basso della scala, si estrinseca nel fatto dell'insetto che prende il colore della foglia, e, al sommo di essa, resta la stessa cosa operandosi mediante l'influenza e la suggestione di ragionamenti e di libri) il mondo umano, il mondo della «ragione», procede assolutamente come il mondo animale, naturale; la «ragione» che noi crediamo sovrana e autonoma direttrice, non è che il mezzo con cui si operano nell'umanità gli identici processi che nell'animalità opera l'istinto; la vita mentale, le concatenazioni concettuali, il pensiero, il ragionamento non sono che la stessa vita d'istinti esplicantesi negli animali e nelle piante che affiora nell'ambito delle idee, che si serve di queste come sua manifestazione, e veramente, secondo dice Schopenhauer, la ragione non fa che dare un'altra forma a quella conoscenza che già ci aveva fornito l'«intuizione». – V'è storia nel mondo della natura, nel mondo minerale, vegetale, animale. È solo perché gli avvenimenti di tale storia sono, rispetto al nostro senso del tempo, assai più lentamente spaziati, e solo perché là non c'è nessuno che, secondo noi, possa avvertire, sentire, vivere tali avvenimenti, che ci pare che quella non sia storia.

Dunque nella natura c'è novità e irripetibilità tanto quanto nella storia, la natura è storia come la «storia».

Ma d'altra parte. Tutto si ripete nella natura. Nessuna foglia è la copia esatta di un'altra foglia. Però si riproduce eternamente il tipo quercia e il tipo leone e perciò noi guardando la natura dal di fuori e dall'alto, diciamo legittimamente che essa è eterna ripetizione e riproduzione di sé, che non ha storia. Senonché tutto si riproduce del pari nella storia: nessun avvenimento storico è la copia precisa d'un altro, c'è sempre del nuovo, ma i tipi, le fasi, i destini d'ogni raggruppamento umano, d'ogni organismo sociale, d'ogni fase di civiltà, sono sempre quelli. Le proposizioni di Spinoza: «totam Naturam unum esse Individuum cujus partes, hoc est omnia corpora, infinitis modis variant, absque ulla totius Individui mutatione», e «facies totius Universi ... quamvis infinitis modis variet, manet tamen semper eadem», si applicano con la medesima precisione così alla natura come alla storia. Natura e storia si ricongiungono, dunque, si reidentificano. C'è in questa ed in quella la medesima dose di novità e di ripetizione. Se riconosciamo (e non possiamo altrimenti) che non ostante tutto il suo nuovo e la sua «fluidità» la natura è essenzialmente sempre ripetizione di se stessa, il medesimo riconoscimento, per la medesimezza della situazione, dobbiamo fare rispetto alla storia. «Se potessimo» nota giustamente il Mach «osservare gli uomini da una più grande lontananza, dalla prospettiva degli uccelli, dalla luna, sparirebbero per noi le tenui particolarità con gli influssi provenienti dagli eventi di vita individuali, e non percepiremmo altro che uomini i quali con grande regolarità crescono, si nutrono, si propagano» – Nulla nella storia si ripete esattamente in tutte le particolarità appunto perché tutto è a caso, come in un getto casuale di dadi non si riproduce mai esattamente la reciproca posizione di essi. Ma ogni cosa che accade ha in sé tanti e così preponderanti elementi del già accaduto che nulla è mai veramente nuovo.

Fitta a un immobile perno,

Gira mai sempre la ruota:

E scorri e trottola e rota:

Ciò che fu sarà in eterno.

Bisogna leggere di corsa, come un romanzo, una storia, quale ad esempio la Storia d'Europa di H.A.L. Fisher. Allora si vedono i venticinque secoli di questo interessante tra tutti i romanzi che è il romanzo dell'Europa svolgersi come in una pellicola cinematografica. Ed è come un eterno succedersi di partite a scacchi, col sopravvento, regolarmente alternativo, ora da un lato, ora dall'altro, senza conclusione; è come un pendolo che eternamente oscilla; come un caleidoscopio che continua a girare e in cui i pezzetti di vetro continuano a presentare sempre simili e instabili raggruppamenti; come banchi di ghiaccio o d'argilla su acque mosse, che si urtano, s'infrangono, incorporano i frammenti, si spezzano ancora, si fondono, si dissolvono, e così via in vicenda senza fine. La descrizione che il Fisher dà della storia greca: «A volta a volta Atene, Sparta, Tebe, Focide lottarono per conquistare la supremazia e ciascuno di questi stati, non appena giunto al vertice della fortuna, fu ricacciato a terra dagli invidiosi rivali», è la descrizione dell'eterna storia di tutta Europa, anzi di tutto il mondo. Si capisce che, pensando all'enorme somma di sofferenza e di morti che tale giuoco inconclusivo cagiona, sia stato detto che la beatitudine dei popoli starebbe nel non avere storia; e si capisce che il Fisher riassuma il suo pensiero e la sua esperienza di storico in un concetto pienamente analogo a quello in cui li riassumeva lo storico antico, Erodoto: «Uomini più saggi di me han saputo discernere nella storia un disegno, un ritmo, un piano prestabilito. Tale armonia mi sfugge. Io riesco a vedere soltanto le circostanze che si succedono l'una all'altra, come onda dopo onda, ed a cogliervi un solo elemento importante, che non può essere generalizzato perché unico, un solo criterio sicuro per lo storico: e cioè la necessità di riconoscere la forza del contingente e dell'imprevisto nello svolgimento del destino degli uomini».

In verità, che il processo storico, essendo un processo eterno, debba necessariamente ripetere se stesso; che il divenire nella storia (se appena la si guarda a quella giusta distanza che permette di considerare una cosa nel suo complesso, senza che i particolari ci soffochino, senza che le piante ci impediscano di vedere il bosco), che nella storia il divenire sia stasi; che in essa si constati soltanto «orbem rerum in se remeantium», come dice Seneca, là dove anche adombra il concetto buddhistico della rinascita («mors, quam pertimescimus ac recusamus, intermittit vitam, non eripit; veniet iterum, qui nos in lucem reponat dies, quem multi recusarent, nisi oblitos reduceret»); che avesse ragione Marco Aurelio a ripetere ad ogni momento che le cose vanno sempre ad un modo, e, particolarmente (scolpendo esattamente l'essenza della storia) che sono τοιαῦθ' ἕτερα ... νέα ὅμοια ... τοιαῦτα ... δι' ἑτέρου, altre di tali, nuove cose identiche, altretali, altre che sono tali, altrettali, o le stesse operate da altri; lo si ricava proprio dalla concezione più permeata dal senso della «fluidità» storica che l'epoca attuale ci presenti, quella dello Spengler. Sotto le mani dello Spengler la «fluidità» della storia diventa più che mai duttile, il consistere della storia unicamente in questa «fluidità», in questo scorrere, ci si fa più che mai percepibile, avvertiamo più nettamente che appunto sentire il mondo umano come questo scorrere in cui nessun momento mai sta, dura e vale permanentemente, averlo davanti come il continuo defluire della sabbia da una clepsidra, questo significa possedere il senso del tempo come «direzione», il senso storico, così diverso (secondo lui) dal senso che arrechiamo nella percezione delle cose spaziali e naturali. Però quel che così fluisce e scorre, stabilisce lo Spengler, con piena verità – e rinnovando in forma moderna con tale sua concezione quella dei «ricorsi» di Vico – non è una totalità di vita umana, ma singoli e vari organismi distinti di fasi di civiltà. Ciascuno di questi è diverso dall'altro, separato dall'altro, nulla effettivamente trapassa e rivive dall'uno all'altro, ognuno è nuovo e indipendente rispetto all'altro, come lo sono uno rispetto all'altro vari organismi individuali, animali o vegetali. Ma, non ostante tale indipendenza e novità, quegli organismi di fasi di civiltà in incessante divenire, percorrono, esattamente come gli organismi animali o vegetali, gli identici stadi, hanno lo stesso corso di sviluppo, le stesse tappe, la stessa fine, «nacquero, vissero e morirono, sempre con uno medesimo ordine»; cosicché lo Spengler, proprio come il nostro G. Ferrari, può fare una vera e propria (per quanto diversa dalla solita) teoria dei «periodi politici» e tracciare le tabelle comparative delle varie epoche di vita spirituale, culturale, politica, che parallelamente si riscontrano in tutti gli organismi di fasi di civiltà esistite sulla terra, e che ci permettono quindi di conoscere con certezza quale sarà l'epoca prossima futura della fase nostra, di prevedere cioè che la civiltà occidentale (come quella egiziana nella XIX dinastia, quella romana dal 100 al 300 d.C., quella cinese dal 25 al 220 d.C.) entrerà verso il 2000, dopo aver traversato il periodo del «mondo come bottino», in quello dell'irrigidimento e dell'impotenza anche del meccanismo imperiale contro lo slancio conquistatore di popoli giovani e del lento spingersi innanzi di stati di vita primitivi – nel periodo della sua agonia e della sua morte.

E un altro genialissimo pensatore, Karl Joël, che già nella sua Geschichte der Antiken Philosophie si era attestato così ricco del più delicato senso di storicità, nell'ultima sua opera, in cui raccoglie tutto il frutto del suo pensiero, della sua sterminata dottrina, e della sua intima comprensione e penetrazione dello spirito delle epoche, non sostiene forse (anch'egli riproducendo il concetto fondamentale di G. Ferrari) che la storia umana procede uniformemente per fasi, ciascuna d'un secolo, di Bindung, ossia disciplinamento, rinserramento dei vincoli, subordinazione, e di Lösung, ossia svincolamento, liberazione dello spirito, individualismo?

Proprio questo senso di storicità, adunque, ci riporta d'un balzo alla concezione schopenhaueriana; proprio esso è la conferma più sicura di questa; proprio esso cioè è la stessa cosa della negazione d'ogni realtà sostanziale del processo storico, d'ogni suo razionale significato, d'ogni sua effettiva produttività d'alcunché di veramente nuovo (ché il veramente nuovo non potrebbe se non costituire una tappa progrediente verso una meta, non mai un elemento in un processo eterno, cioè necessariamente perdurante ad essere se stesso). «L'umanità non ha alcun fine, alcuna idea, alcun piano, così come non ha un fine la specie delle farfalle o delle orchidee». Questo è il pensiero definitivo che il senso di storicità, quando ha raggiunto, come con lo Spengler, il suo pieno sviluppo, ci lascia. Il pensiero, cioè, che come moriamo del tutto e cadiamo nel buio assoluto dell'oblio noi individui, così muoiono del tutto, senza nessuna rivivescenza nemmeno indiretta e di riflesso, tutti quei vari individui in grande che sono le fasi successive di civiltà umana; che di queste fasi, cui l'inesauribile grembo della natura continua a gettare successivamente fuori, nessuna è l'altra, precisamente come nessuna orchidea è l'altra, ma ciascuna riproduce (come ogni orchidea) il medesimo tipo e vive il medesimo ciclo di vita; che quindi (secondo la chiara e profonda visuale del Guicciardini, confermata così dalla «storicità» moderna) «Tutto quello che è stato per el passato ed è al presente, sarà ancora in futuro; ma si mutano e nomi e le superficie delle cose in modo, che chi non ha buono occhio non le ricognosce», ovvero «tutto quello che è stato per il passato, parte è al presente, parte sarà in altri tempi, e ogni dì torna ad essere, ma sotto varie coperte e varii colori, in modo che chi non ha l'occhio molto buono, lo piglia per nuovo, o non lo ricognosce; ma a chi ha la vista acuta, e che sa applicare e distinguere caso da caso, e considerare quali siano le diversità sostanziali, e quali quelle che importano manco, facilmente lo ricognosce»; – che, nel loro insieme, tutte queste nostre fasi di civiltà, produzioni naturali che tornano e ritornano senza che vi presieda alcun fine, alcuna idea, alcun piano, hanno quindi veramente il significato e l'importanza della specie «orchidee», sono cioè proprio l'esplicazione d'un processo che dovendo concepirsi senza meta e scopo, non può essere se non, come nella concezione di Schopenhauer, destituito di ragione; non può che costringere a rispondere affermativamente al dubbio che si affacciava anche alla mente del Lotze: quello che la storia umana non sia altro che il ritorno delle stesse fatiche e degli stessi dolori, degli stessi malintesi e delle stesse follie, mutanti solo nella diversità dello scenario esterno; quello che l'inesausta fecondità con cui la terra getta fuori da tempi infiniti innumeri generazioni d'uomini, tutti del medesimo tipo esterno ed interno, anzi, nella forma e nelle condizioni di vita, simili agli animali, sia la prova che noi siamo apparenze (Erscheinungen) effimere, che un'eterna forza originaria, nel suo eccesso di produzioni e annientamenti, crea senza scopo e fa successivamente sparire; quello che ogni civiltà, pur sembrando fondata per l'eternità, sia sempre destinata ad esser distrutta da casi impreveduti, ed ogni progresso da un lato sia congiunto ad una perdita dall'altro, sicché, comparato il successo con gli sforzi occorrenti, il guadagno con le perdite, l'aumento della cultura con la crescente difficoltà della partecipazione di essa, il grado di perfezione e di felicità umane formi una grandezza pressoché costante.

Ripetizione ed assurdo. Assurdo perché ripetizione, ripetizione perché eternità d'assurdo. Tale il concetto della storia che il senso di storicità, nella sua più moderna acutizzazione ed intensificazione ci ribadisce.

IX

CONCLUSIONE

Montaigne diceva che il dubbio è un soffice guanciale per una testa ben fatta; o più esattamente: «Oh! que c'est un doux et mol chevet, et sain, que l'ignorance et l'incuriosité, à reposer une tête bien faite!». Se non soffice è, pur nella sua asprezza, un guanciale soddisfacente anche l'assurdo per un cuore coraggioso. E giustamente Nietzsche trovava essere il valore d'una mente misurato dal suo coraggio di non prendere la fuga dinanzi alla realtà (come fa la vigliaccheria idealista), dalla quantità di verità che essa sopporta e può osare, dalla forza di accordare alle cose il loro carattere terribile e dubbioso e di non aver bisogno di soluzioni; cioè dalla quantità di assurdo a cui essa può resistere, dalla sua energia di reggere ad occhi aperti e senza veli in un mondo di assurdo. Aggiungo che proprio questa capacità di reggere in un mondo d'assurdo, cioè di guardare in faccia l'assurdo del mondo senza aver bisogno di nascondarselo con provvidi palliativi filosofici e religiosi messi insieme per raggiungere ad ogni costo quel fine dell'occultamento d'una cosa, che, perché fa paura, non si ha il coraggio di fissare nella sua nudità, appunto questa capacità, dico, è tutt'uno con l'elemento più profondo dello spirito religioso.

Non già l'elemento effeminato, sdilinquito, rugiadoso della religione (che è l'elemento ottimista, quello che costruisce la felicità ultraterrena), ma l'elemento maschio, austero, severo di essa, quello che ne forma la vera essenza, quello in ogni modo che è la sua scaturigine, la sua ragione di vita, è un'affermazione di pessimismo e di irrazionalismo, è una constatazione in cui queste due correnti (come sempre e naturalmente avviene) si fondono insieme. L'uomo è per natura cattivo; egli è inquinato dal «male radicale» consistente nell'aver rovesciato il rapporto tra legge morale ed impulso sensibile e subordinato quella a questo, anziché viceversa, nel concepire la moralità solo come un mezzo per realizzare la felicità e nell'attribuirle valore solo in quanto conducente a questo fine; è insomma, in preda ad un organico stravolgimento psichico; ed anche le formazioni sociali è impossibile mettere in consonanza con la morale, quantunque non sia nemmeno possibile indicarne altre che, compatibili con la natura umana, siano migliori delle esistenti – tali i concetti che Kant pone a base della sua concezione religiosa. In generale: ciò che nel suo profondo motivo la creazione d'un mondo di là vuol dire, ciò che, a ogni modo, c'è di solido e sicuro nell'opera di tale formazione, è il riconoscimento: questo mondo, il mondo presente, è assurdo, è irreparabilmente in preda all'assurdo ed al male, tanto irreparabilmente che per uscire dall'assurdo e dal male, non è già possibile pensar di correggere tale mondo presente, ma bisogna immaginarne uno radicalmente altro da esso, indipendente da esso, che sia la sua recisa negazione. Vera, anzi unica, portata, solo significato consistente, motore essenziale, della proiezione d'un mondo ultraterreno che la religione ci prospetta dinanzi, è la constatazione che questo è assurdo, tristo, senza speranza e salvezza condannevole e condannato; è il marchio di assurdo e di male che con ciò essa imprime indelebilmente sulla fronte di questo. Ciò, ancora che nel suo profondo motivo significa l'idea religiosa dello stato di dannazione, di purgazione e di fusione trasfiguratrice con Dio delle nostre anime nel mondo di là, è che la mente umana è essenzialmente stolta, che in essa non inerisce la ragione, e che per avere una mente razionale, occorre pensare una mente altra dall'umana, la distruzione (dannazione) della maggior parte delle menti umane, la piena trasmutazione delle altre. La constatazione che l'assurdo regna nella realtà e nelle menti, questo è dunque il fondamento della religione, il pensiero da cui essa scaturisce, ciò che dà ragione del suo formarsi. Ed è, io ritengo, il solo elemento perennemente vivo della religione. Ma tale elemento è l'identica cosa con la tesi sostenuta in queste pagine.

È solo se si ritiene che l'elemento veramente vitale dello spirito religioso consista in siffatta implacabilmente chiara visione dell'assurdo che avvolge la realtà, nell'essere non ciechi e insensibili ad esso, ma vivamente suscettibili di avvertirlo, e quindi nel coraggio di reggere al suo aspetto, che la religione propriamente detta rappresenta un passo spirituale più in su in confronto dello stoicismo e dello spinozismo, qualche cosa di più eroico di essi: ché altrimenti, se elemento centrale della religione fosse l'appagamento paradisiaco di certi nostri desideri o bisogni, stoicismo e spinozismo varrebbero molto di più. – Per gli Stoici e per Spinoza, l'assurdo se mai non poteva essere che nella realtà esteriore, quantunque essi la etichettassero, in maniera quasi a dire passiva ed estrinseca (esattamente come, secondo si vide, ciò accade con Hegel), di ragione. Per gli Stoici e per Spinoza l'assurdo era inoltre certamente in moltissime menti, nelle menti (senza dubbio prevalenti per numero) degli «stolti». Ma contro l'effettiva arazionalità (da essi però titolata di «volontà di Zeus», «ragione divina», perfezione assoluta dell'esistenza in quanto ad Deum relata) della natura, e contro l'irrazionalità della maggior parte delle menti, v'è, nello stoicismo e nello spinozismo, un terreno sicuro di razionalità su cui posare il piede. Ed è la mente del «saggio». Essa, sì, inerisce alla ragione. E da questa sede certa ed incrollabile di ragione su cui posa, essa si volge sicura, come una roccia, a guardare e a giudicare i marosi di irrazionalità che le spumeggiano ai fianchi, e l'assalgono, sicura, e, nella sua sicurezza di sé, serena, anche quando tali marosi riescano ad abbatterla. Ora il passo più in là compiuto dalla religione propriamente detta è stato precisamente quello di distruggere il «saggio» e la sua superba sicurezza, di far penetrare anche in esso la «stoltezza», di stabilire che il «saggio» è tutt'al più solo velleità di esserlo, e che non c'è mente umana, non c'è mente di «saggio» stoico, che contro l'invasione della stoltezza sia corazzata. L'impeccabile «saggio» stoico, in cui la ragione ha inamovibilmente sede, diventa per la religione il «giusto» che pecca settantasette volte al giorno. Con ciò non c'è più vetta che sia salva dall'assurdo. Con ciò, per opera di quel che la visuale religiosa propriamente detta aggiunge allo stoicismo e allo spinozismo – cioè il senso della debolezza, fragilità, peccabilità essenzialmente propria della natura umana – l'irrazionalità viene oramai a dominare senza barriere così nella realtà esteriore, come nell'interno della mente. Ed è in ciò appunto che la visuale religiosa coincide interamente con quella qui illustrata.

È, del resto, proprio soltanto dalla sensazione di vivere lanciati e abbandonati senza paracadute nello spazio vuoto d'un mondo d'assurdo esterno ed interno e di cieco caso, che sorge intimo e veramente profondo e potente quel senso tragico della vita, quel brivido di sacro terrore davanti ad una realtà (Dio) da cui veramente in tal guisa ogni lontana traccia di antropomorfismo è sradicata, e che, appunto perché in noi e fuori di noi ci si palesa assurda, è per noi l'assoluto incomprensibile, il vero e proprio mistero – quel senso tragico della vita, il quale, inaccessibile agli ottimisti e razionalisti che non vedono, non sentono, non vivono il dramma e calano su di esso volontariamente il sipario, forma oramai il solo residuo possibile e l'espressione più alta delle antiche concezioni religiose.

A me piace vedere, quando sollevo gli occhi dal mio tavolo di lavoro, accanto alla stampa di Salvator Rosa, in cui, sotto alberi desolati, contorti e tronchi, presso antiche colonne infrante e marmi cadenti e tra ossami d'animali e d'uomini, «Democritus omnium derisor in omnium fine defigitur», la riproduzione del rame di Dürer, in cui il maturo cavaliere procede, severo, rassegnato, impassibile, tra la morte e il demonio.